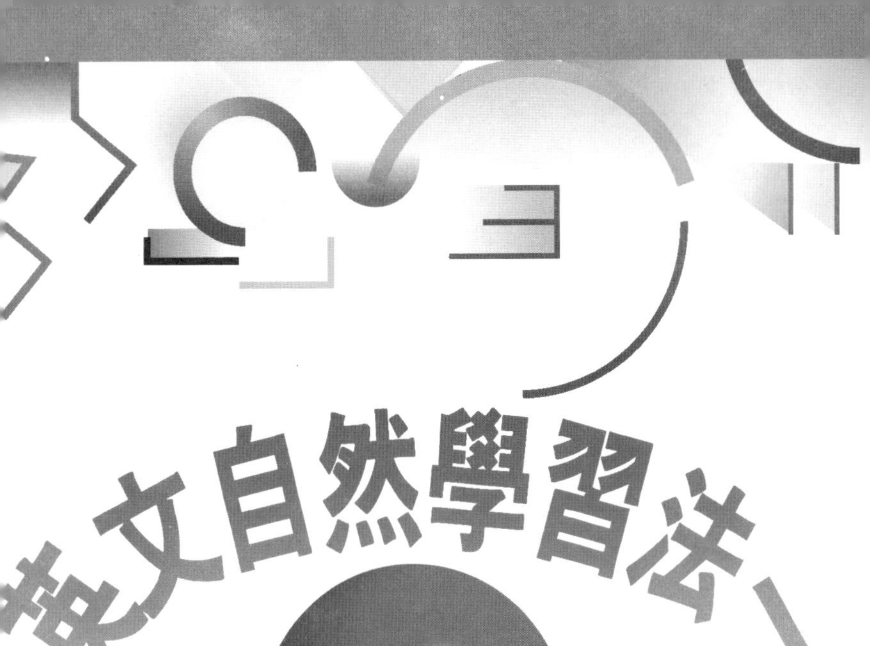

英文自然學習法一

大西泰斗 Paul C. McVay 著

蔡宏瑜 譯

三民書局

國家圖書館出版品預行編目資料

英文自然學習法(一) / 大西泰斗,Paul C. McVay著.
蔡宏瑜譯－－初版二刷.－－臺北市；三民，民90
面；　公分
參考書目：面
ISBN 957-14-2729-2 (平裝)
1. 英國語言-文法

805.16　　86014692

網路書店位址 http://www.sanmin.com.tw

© 英文自然學習法(一)

著作人　大西泰斗　Paul C. McVay
譯　者　蔡宏瑜
發行人　劉振強
著作財產權人　三民書局股份有限公司
臺北市復興北路三八六號
發行所　三民書局股份有限公司
地址／臺北市復興北路三八六號
電話／二五〇〇六六〇〇
郵撥／〇〇〇九九九八──五號
印刷所　三民書局股份有限公司
門市部　復北店／臺北市復興北路三八六號
重南店／臺北市重慶南路一段六十一號
初版一刷　中華民國八十七年一月
初版二刷　中華民國九十年九月
編　號　S 80180
基本定價　參元貳角
行政院新聞局登記證局版臺業字第〇二〇〇號

有著作權・不准侵害

ISBN 957-14-2729-2 (平裝)

Original material: Copyright (c) Hiroto Onishi and Paul McVay 1996
Chinese translation copyright (c) 1998 by San Min Book Co., Ltd.
"This translation of Native Speakers' English Grammar 1
originally published in Japanese in 1996 is published
by arrangement with Kenkyusha Publishing Co., Ltd."

獻給泉和真實

序

雖然這是一本英文文法書
但是你
不需要死背
不需要忍耐
不需要時間

為什麼本書能做到這樣呢？這是因為：

我們所解說的是以英語為母語者，腦海中所具有的自然而單純的文法的緣故。

文法是學習外語時的最大武器，這是無庸贅言的。如果無法精通基本的文法，即使你上了英語會話學校，或是努力閱讀英文報紙，都無法架構出真正的實力。因為如果你不了解這種語言的基礎，就算背了多少單字及會話的句型，也還是不會應用的。

很遺憾的是，英文的文法似乎相當令人討厭。不過這也不是沒有道理的，因為以往的英文文法都僅止於「照本宣科地死背繁瑣的文法規則」。對於這樣的英文文法，我敬而遠之。

請放心。這本書要介紹的英文文法，與以往的文法書完全不同。這本書完全不會出現那些繁瑣的文法規則。相反地，它將告訴你英語背後隱藏的、以英語為母語的人他們的言語感覺（語感），這才是精通英語的方法。請你趕快開始吧！那些你至今仍無法了解的文法項目，只要你逐次閱讀本書，一定會在不知不覺中逐漸清楚明白了。看完本書，將會獲得令你驚訝的成果！

大西泰斗
Paul C. McVay

英文自然學習法一

目　次

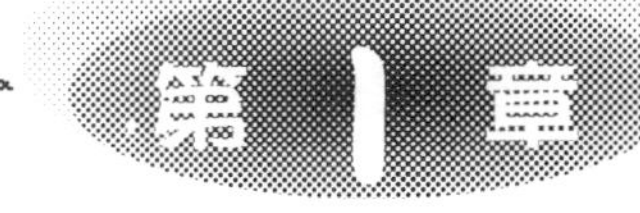

那麼，讓我們開始吧

§1 本書的目標

各位是否曾經到過語言完全不通的國家呢？作者曾經有過在用英語、當然用母語也完全不通的國家中奮戰苦鬪的經驗。原本性格就喜歡待在家中的我，如果在語言不通的國家迷了路，還真的會想哭呢！數年前，在韓國迷了路，結果竟捲入學生示威抗議的運動中，遭到催淚瓦斯彈的洗禮，果真是淚流不止。

在言語不通的國家，所能借助的大概是一般口袋型的單字本。每當使用它，說著一些話時，就會深刻地想到「外語，只要知道單字就能有些作用吧！」然而，這種方式無論如何都不能傳達細微的地方。是「買」、還是「買了」，「打算買」、還是「剛買」？所以，不知道「文法」還是不行的。

但是，如此重要的文法，一般而言，似乎很讓人討厭。這是無可厚非的。因為必須去背誦如山一般高的「文法規則」。翻閱一下大學聯考參考書便能發現，單是現在完成式就記載了四種「用法」。 the 的用法也是一大堆。到了假設語氣，甚至必須背誦近一頁的「公式」。

這是真的嗎？為了精通「文法」，難道真的必須將如此複雜的「規則、用法、公式」完全背下來嗎？

我們能自由無礙地運用我們的母語。因為在我們的頭腦中，文法就在裡面了，大概誰都不會把複雜的文法全背下來吧！是的，**所謂的文法，本來就是任誰都能在無意識中精通熟練的，自然而單純的東西**。也就是只要能掌握些許的竅門，即可簡單地運用自如。

接著我們將介紹本書的目標——文法的一些事項。每一項都可說像英語的「骨骼」般，非常重要。請看下面的句子。

John kissed the girl.
（約翰親吻了那位女孩）

　　這雖然是相當短的句子，但是為了配合情況說這個句子，必須作各種的判斷。例如，

John kissed **the girl**.

　　應該說 the girl，或是 a girl（一個女孩）？還是只要寫 girl 即可。

☞ 如何分辨、活用 a 及 the 呢？
☞ 如何區別可數名詞及不可數名詞呢？

John kiss**ed** the girl.

　　在這種情形中，應使用現在式還是過去式？或是使用現在完成式呢？

☞ 如何分辨、活用時態呢？
☞ 在什麼時候使用現在完成式及進行式呢？

John kissed the girl.

　　在這種情形中，使用主動語氣或是被動語氣好呢？

☞ 如何靈活運用主動語氣及被動語氣。

等等，這些對我們而言，是相當困難的判斷吧！在我們使用英語時，這些困擾常伴隨著發生。本書就是要解說，在使用這類英語時，絕對無法避免的最基本而且最重要的文法。再重複一遍，**沒**

有必要「死背一大堆」，只要能抓住些許的竅門，你就會了解英語其實沒什麼大不了的。

§2 英文文法之神

讀到這裡，也許有人會這麼想：「啊！我不需要這本書，為什麼呢？因為關於高中、大學的英文文法，我自認比美國人更具備這方面的知識。現在完成式是完了、結果、繼續、經驗的用法；進行式是「正在做……」，所有的句子能代換為被動態……。真的嗎!?這個人真的了解「活的」文法嗎？在進入下一章正式的說明之前，讓我們在此先來說服這個學校英文文法之神吧！

● there 的句子

記得 there 的造句嗎？是的，這是只要國中三年級的學生，都知道的「在～、有～」的句子。那麼，問題來了。 **there 的造句並不是什麼時候都能使用的**。請找出下列中錯誤（意思奇怪）的句子。

❶ a. There is **a wolf** in the room.
（有一匹狼在房間內）
b. *There is **the wolf** in the room.
（那匹狼在房間內）
c. There are **boys** in the room.
（有些男孩在房間內）
d. *There are **they** in the room.
（他們在房間內）
e. *There is **John** in the room.
（約翰在房間內）

如何？有 * 記號的是奇怪的句子。只記得「 there 的造句是在～、有～的意思」，是無法正確地使用這個字的。那麼，為什麼這些句子讓人覺得奇怪呢？

there 是針對**到目前為止尚未出現在對話中的人或物來使用的。**也就是，提起尚未出現在聽者腦中的事物，作出「有～哦」的用法。 the wolf, they, John 等字全部已在談話中出現，而且聽者已經知道（正因為已在談話中出現，所以加上 the 這個字就能意指「他們」）。因為這樣，這些字的表現與 there 句子最初所含的意思是相衝突的。

那麼，想使用在談話中已出現過的 the wolf, they, John 等字表達「在～、有～」時，要怎麼做才好呢？其實，只要使用 be 動詞就可以了。

❷ b. The wolf is in the room.
（那匹狼在房間內）
d. They are in the room.
（他們在房間內）
e. John is in the room.
（約翰在房間內）

從上面的舉例中，你應該已經了解，連 there 最基礎的句子，單利用「背誦」還是沒什麼效用的。是的，對於使用這樣的一些英文文法，我們不必「背誦」，最重要的是以說自己母語的「心情」配合音調來學習。

●使役（讓～、使～）的句子

讓我繼續來說服你吧！表現使役的代表性動詞，有 have, make, let 等。或許你這位英文文法之神，因為記住了「這些字就是『讓～、使～』的意思」就覺得安心。那麼，問題來了，請選出下列中錯誤（意思奇怪）的句子。

❸ a. I **had** the students write a composition by asking them to do so.
b. *I **made** the students write a composition by asking them to do so.
（拜託他們寫作文）

❹ a. *I **had** the students write a composition by threatening them.
b. I **made** the students write a composition by threatening them.
（威嚇，使他們寫作文）

打 * 記號的是意思奇怪的句子。假如 have, make 的意思完全相同，就應該不會有這樣的事發生。那麼，這些單字有什麼樣的差異呢？

直覺靈敏的各位大概已經知道了吧！是的，即使意思同為「讓～、使～」，然而 **have 與make 的強制力有差別**。 have 隱含著考慮對方的情緒「請求做～」的意思，而 make 並不考慮對方的情緒，隱含強制性「令其做～」的意思。那麼 let 呢？ let 的意思與 have, make 相比，更是有相當程度的差異。

❺ a. *I let the students write a composition by asking them to do so.
b. *I let the students write a composition by threatening them.

❻ a. Her father will not let her go to Disneyland.
(她的父親不讓她去狄斯奈樂園)
b. Don't let your baby cry all night.
(不要讓你的寶寶哭一整夜)

這樣考量起來，你可以了解死記使役動詞 =「讓～、使～」是多麼危險的事了吧！

● 進行式（正在做～）的句子

在翻閱學生的英文作文時，常常有這樣的句子出現：

❼ a. *I am believing you.
(我正相信著你)
b. *I am loving you.
(我正愛著你)

打 * 記號的句子，是不是有點奇怪呢？我於是詢問他們「為什麼寫出這樣的句子」，所得到的回答是「因為進行式就是『正在做～』的意思」，這仍然是受到背誦「進行式 = 正在做～」毒害太深的緣故。如果能了解英語為母語者使用進行式時的心情，大概就不會犯下這樣的錯誤吧！

● 定冠詞 the 的意義

the 的用法是我們深感困難的英文文法中的一項。最大的原因在於，完全死背「 the 的意義就是指前面句子中已經出現的東西，以及使用在類似 sun 或 moon 或 world 等唯一的事物上」等複雜規則。而也有人能記下六、七項的規則吧！這樣就可以了嗎？請看下面的句子。

❽ Aspirin is the remedy for a headache.

這句中的 the 有什麼意思呢？這是一個相當自然的 the 的使用法。但是如果只是死背「規則」就很難了解它。

那要怎麼樣才能得心應手地使用 the 這個字呢？請試著想想看。假如不知道複雜的規則，就無法使用 the 這個字，那應該無論是誰都不會使用它才對。**只要我們能捨棄到現在使用的背誦方式（死背），熟悉英語為母語者腦中存在的自然、簡單的方法，便能隨心所欲地駕馭the 的使用法**。

從下一章開始，我們將學習生活化的文法，即使是學校英文文法之神的你也無法看到的，現在終於能逐漸看到英語的真正原貌了。然而，別把它想得太艱澀。讓自己自然地學習當一個英語為母語的使用者，因為只要精通數個要點就能熟練了。

那麼，讓我們開始吧！

第 11 章

學習事物的表現方式(名詞)

本章收集有關表示「物」或「事」的表現 —— 名詞的文法。各位是否認為「什麼是名詞嘛，就是只要記住單字就行了」。的確，你只要背下「 water = 水」、「 boy = 男孩」，好歹也能將意思傳達給對方。但是如果想要傳達更精確的意思，這種方式是不夠的。實際上，當我們在寫英文或交談時，常會困惑著：「在這裡使用 a 正確嗎？還是應該使用 the 呢？」或是，「這裡是用 a love 呢？還是只要寫 love 就可以呢？」因此，在本章中，我們將一口氣地為你解決這類的煩惱。

在第一節中，我們要告訴你如何正確地活用 the 及 a。在第二節中，我們將區別可數名詞及不可數名詞。例如：我們可以表示一枝筆為 a pen，卻不能將水表示 a water，這是這節所要探討的重點。第三節附帶說明有關 any 的用法。 any 是國中課程中出現的基礎單字，但令人意外的是，許多人卻對 any 深感棘手，所以在此將它提出來討論。這是因為背誦「 any 只出現在否定句、疑問句中」等不必要規則的緣故。閱讀這些章節後，將會令你覺得豁然開朗。

§ 1 the 與 a

為了能和英、美人士一樣地使用冠詞，必須在相當長的一段期間中每天接觸英語才行。我接觸英語也算有一段時間了，但是當以英語為母語的外國人閱讀我的論文時，仍發生過冠詞誤用被指出的情形。因為語言的語感是非常微妙的。但是，對英語非母語的我們而言，想要有九成左右的正確使用率是有可能的，而且，如果沒有達到這個標準，就不能說是在使用英語。

在此，我們將詳細說明 the 用法的原則。因為如此一來， a 的使用法也自然能理解了。一個小時後，你也一定能成為會使用冠詞的人中的佼佼者了。

你是否曾經背誦一些 the 的使用法呢？「在承接前面已出現過的單字時」，「意指在世上僅有的事物時」甚至是「修飾關係代名詞時」等。這是錯誤的方法。請試著思考下列的句子。

兩句都是如果不加上 the，意思就會變得非常奇怪；不是加 a。 [注]：句子中有 * 的記號表示意思奇怪

❶ John lost {*a / the} right leg in a traffic accident.

（約翰在交通事故中失去了右腳）

❷ Tainan is {*a / the} place where I was born.

（臺南是我出生的地方）

只憑死記的規則，無論如何都無法說明這兩句。請試著想想

看。如果 the 的用法很複雜，而且必須背誦規則，應該誰都不會說英語才對。那麼，要怎麼辦才好呢？答案很簡單。**只要學習以英語為母語者所會的，非常簡單的原則就可以。** 現在，我們開始吧！

the，從表面上的確有各式各樣的用法。然而，從這些用法中，只能找出一個原則。它是：

> **── the 的意義 ──**
> 只決定於 1 個（在複數形時只有 1 個群體）

我們試著使用這個原則來解說上述❶、❷兩個例句。約翰的右腳有幾隻呢？當然人只有 1 隻。因為取決於 1（人或物），所以在 right leg 前加上 the。如果約翰是像螃蟹般擁有好幾隻右腳，因為並非取決於 1（人或物），所以不能加 the，而必須加上 a。同樣的，一般而言，出生的地方也是取決於 1（地）吧！我們順便來思考一下相反的例子吧！在下列句子中，必須選擇 a 而非 the。

> ❸ Anna is {a / *the} student of Taiwan Normal Univesity.
>
> （安娜是師範大學的學生）

如果師範大學只有安娜一個學生，就能使用 the。這種情況中，如果只說 student of Taiwan Normal Univesity **就表示只取決於 1 人**，所以能用 the。但是，一般而言是沒有這種可能的，因為學校中有很多的學生，安娜是其中 **1 人，所以必須使用 a**。

現在，相信你已了解 the 的大原則了。接著，我們看看各式各樣的例子來加深理解。雖說是只取決於 1（人或物），但仍然會有下面的各種情形出現。

❹ I met a boy yesterday. **The boy**...
（我昨天遇見一個男孩，那男孩……）
❺ I bought a computer, but **the machine** is malfunctioning all the time.
（我買了一臺電腦，但是這機器總是發生故障）

上面的兩個例子中，之前都出現了 a boy, a computer。下面的句子如果說 the boy, the computer，就表示是指「前面出現的男孩、機器」，也就是**能取決於 1 個**。正因為如此，所以使用 the。

● 運用聯想得知是取決於 1 個的情況

❻ It's incredible! I've just seen a patrol car, and **the driver** was driving drunk.
（真無法相信！我剛才看到一輛巡邏車，駕駛員竟然喝醉了）
❼ At last, I've bought a house! **The living-room** is really big, and **the kitchen** is very user-friendly.
（我終於買了房子！客廳真的很寬敞，而且廚房非常方便使用）

在前句中，出現了 a patrol car, a house, 之後如果說 the driver, the living-room，我們就可以了解是指「前面出現的巡邏車駕駛員、這房子的客廳」，也就是能取決於 1（人或物）。

● 從當場的狀況得知是取決於 1 個的

❽ [在眼前有一個水桶]
Bring me **the bucket**.
（拿給我那個水桶）
❾ [一隻狗進入屋內]
Keep away from **the dog**.
（遠離那隻狗）

因為在有說話者及聽者的情況中，很多時候可以馬上決定是否取決於 1 個。以❾來看，有一隻狗進入屋內時，如果說 the dog，表示取決於現在**所見的只有 1 隻狗的情況**。因此，在這裡可以使用 the dog。然而，如果有 101 隻狗進入時又將如何呢？即使說 the dog，因為無法取決於 1，所以會令你很頭痛吧！當然這種情形下，只要說 Keep away from **the dogs** 就可以了。**因為它可以取決於 1 群**進入屋內的狗。the，一直都只能在取決於 1 個（人或物）時使用。

● 在常識上，僅取決於 1個的情況

❿ **The sun** is round.
（太陽是圓的）

⓫ Where is **the city hall**?
（市政府在哪裡）

⓬ **The first man** that discovered America is, of course, unknown.
（當然，誰都不知道最早發現美洲大陸的人是誰）

⓭ This is **the only way** to go.
（這是唯一的方法）

⓮ John is **the older** of the two boys.
（約翰是兩個男孩中年紀較大的）

⓯ One is mine, **the other** is yours.
（其中一個是我的，另外一個是你的）

這些句子既不是取決於上下文的關係，也不是取決於當時的情況。因為其中有的本來就是只有 1 個的，有的加上了 only, first，所以當然是取決於 1 個（人或物）囉！或許你會對⓫感到有點無法理解，不過，由於城市中市政府只有 1 個，所以可以加上 the。再看得深入一點，即使常識上是 1 個，而在上下文中有好幾個的情形，便不能加 the。例如，假設除了這個世界之外，還有好幾個世界存在的情況:

⓰ The proposition might be true in **a world**, but not in others.
（也許這個命題在某個世界中是真的，但在其他的世

界中則不是）

等之類的例子也是正確的。

● 從共同的認知來看，取決於 1 個的情況

說話者與聽者都私底下了解所指的是什麼時，也能使用 the。例如， John, Tom 和 Mary 都知道他們常去的店時：

⑰ John: Where is Mary?
Tom: She has gone to **the shop**, as usual.
（瑪麗在哪裡呢？——像平常一樣，去了那家店）

怎麼樣呢？你可以了解無論在什麼情況中， the 都是根據一個非常簡單的原則——「只取決於 1 個（人或物）」來使用了吧！雖然我們講了那麼多，但是請不要死背上面的五種「情況」。只要你**不要忘記「只取決於 1」的原則** 就可以了。

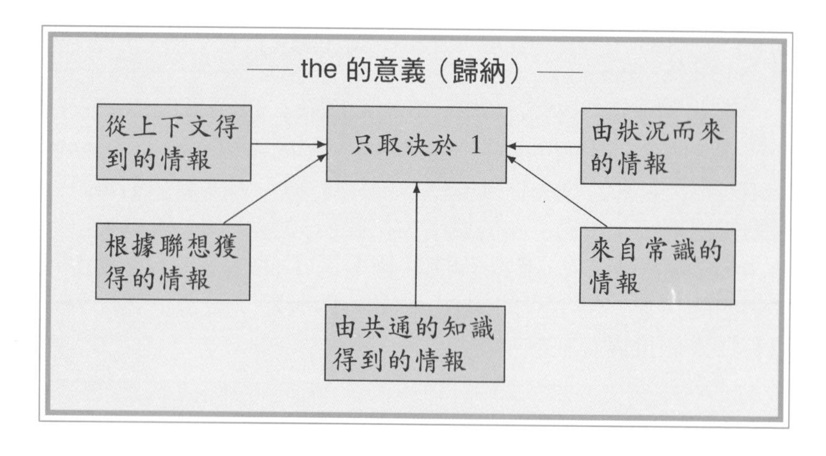

理解基本原理後，該我們來做做頭腦體操。請試著思考下列三句意思的差異。使用 a 及使用 the 時，其中的意思有微妙的差異。（翻譯改變的地方，在下面畫______）

⑱ Here is {a / the} present I got from my boyfriend.

（這是我從男友那裡得到的______禮物）

⑲ Aspirin is {a / the} remedy for a headache.

（阿斯匹靈是______頭痛藥）

⑳ Love is {a / the} reason to get married.

（愛是結婚的______理由）

如果你能了解「僅取決於 1」的原則，那麼你應該可以了解其間的微妙差異。覺得已經逐漸了解的人，母語的感覺和語調已經慢慢結合了哦！

我們來看看⑱。使用 the 時，由於是**取決於 1**，所以只得到了 1 樣禮物。使用 a 時，表示得到**許多禮物中的 1 樣**。

⑲中，使用 a 時（你已經知道了吧），表示是多種**頭痛藥中的 1 種**。你可以翻譯成「阿斯匹靈是治頭痛的藥」。但是使用 the 時，由於它是**取決於 1**，所以是「唯一的治療藥」或是「最好的治療藥」，含有「若說到頭痛治療藥，就只有阿斯匹靈」的強烈意思。

同樣的，在⑳中，使用 a 的情況，大約意味著「愛是結婚的各種理由 **中的 1 個**」；the 的情況則意味著「唯一的理由」。

基本說明到這裡完全結束。接下來，我們將以實戰來累積經驗。

下頁的文章為旅遊記聞中的一節，請一面閱讀一面思考，你要以何種心情去選擇 a/the 呢？請走入自己正在寫這篇文章的氣氛中，想想在這些點上如果是自己會如何呢？循序漸進地閱讀。

It was already dark when we reached (1)**the hotel**. It was (2)**an old Chinese hotel** which had recently been renovated, and there was (3)**a beautiful green jade carving** in (4)**the lobby**. (5)**The receptionist** was friendly and efficient and it wasn't long before we found ourselves in (6)**a spacious, oriental-style room** where we collapsed, exhausted, after such (7)**a long journey**.

(8)**The next morning**, (9)**the rain** was still pouring down but we didn't mind as we were so excited to be back in Singapore, (10)**a city we love**, and so happy to have escaped from (11)**the cold of Tokyo**! In any case, soon we would be enjoying (12)**the sunshine**, **beaches and crystal clear waters** of Langkawi island. Yes, this promised to be (13)**a really great holiday**!

[**譯文**]

到達旅館時天色已暗了。這是一家最近剛修復的古老中國式旅館，大廳中有著美麗的翡翠雕刻。接待人員親切而且有效率，所以我們很快地發現自己已身處在一個寬廣、瀰漫著東方氣息的房間中。在經歷長途旅程後，我們都虛脫而且疲累不堪。

翌日清晨，仍然下著大雨，但我們並不在意，因為我們又回到自己喜愛的城市——新加坡，心中非常興奮，而且能從寒冷的東京逃離出來，令我們相當愉快。在任何情況下，都能馬上享受陽光、沙灘、蘭卡威島清澈見底的海洋。是的，這保證是一個很美好的假期。

[**解說**]

(1)在這裡用 the，是因為經過預約等，他們（文中的 we）已經知道了這家旅館（對他們而言是已決定好的）。

(2)是其他中國式旅館中的一家。

(3)beautiful green jade carving 一定不只 1 個，其他應該還有很多，這是

表示其中之一的意思。

⑷由於是前面出現的旅館大廳，所以是「取決於 1 」。

⑸因為取決於這家旅館的接待人員。

⑹因為這樣的房間並不只有 1 間。

⑺加上 such （像這樣、像那樣），當然不是「取決於 1」囉！

⑻因為指的是前段發生的那些事的隔天，所以也是「取決於 1」。

⑼因為使用了 the，又有 still，所以我們知道這是從前一天延續到今天不斷下著的雨。

⑽這是他們喜愛的幾個城市中的 1 個，如果僅喜愛新加坡，則應選擇 the。

⑾cold of Tokyo （東京的寒冷）是「取決於 1」的緣故。

⑿因為是特定場所 (Langkawi island) 的 sunshine, beaches...，所以是「取決於 1」

⒀意指許多 really great holiday 中的 1 次。

怎樣！你了解到 a/the 所具有的意含遠比我們想像的多吧！讓我們再舉一個例子。

Mary: What do you think of [1]**the new J-League**?

Chris: I think it was [2]**a great idea** to start it. It's become popular so quickly, hasn't it?

Mary: Yes. Have you been to [3]**a game** yet?

Chris: Yes. I saw [4]**the match** between the Blue and the Red. Although it was [5]**a freezing afternoon**, none of [6]**the fans** seemed to notice as they were so excited!

Mary: Sounds like you had [7]**a wonderful time**. You know, of all [8]**the J-League players**, I think Johnson is [9]**the most**...er... "shwei". How do you say "shwei" in English?

Chris: It's [10]**a difficult word**, that one, but I guess "good-looking" or, maybe, "stylish" would be [11]**the best** translation.

Mary: Oh, OK. Thanks. By the way, why don't we go to [12]**a game** together?

Chris: Sure. As long as I don't have to wear [13]**a wig**, like Johnson, to cover my bald patch!

Mary: Ha! Ha! Ha!

[譯文]

瑪麗：對於 J足球聯盟，你有什麼看法？

克利斯：我認為創辦它是個很棒的點子，它很快地就大受歡迎，不是嗎!?

瑪麗：嗯，你去看過比賽了嗎？

克利斯：嗯，我曾看過藍隊與紅隊的比賽。那是一個非常嚴寒的下午，球迷們興奮，誰都沒有注意到寒冷。

瑪麗：聽起來你好像非常愉快。你知道嗎，在 J 聯盟的球員中，我認為強生是最棒的……呃……"shwei"很帥。對了，"shwei" 的英語該怎麼說呢？

克利斯：這是個很難的字哪！但我想 “good-looking” 或 “stylish” 可能是最合適的翻譯了。

瑪麗：哦，我知道了。謝謝。哪天一起去觀賞球賽怎麼樣？

克利斯：好啊！或許我不用像強生那樣戴一頂假髮，來遮蓋我的禿頭吧！

瑪麗：（大笑）哈！哈！哈！

[解說]

(1)因 J 足球聯盟只有 1 個，所以是「取決於 1」。
(2)great idea 並不只有 1 個，而是很多可能的 great idea 中的 1 個。
(3)不考慮它是「取決於 1」的特定比賽。
(4)在此是針對特定的比賽來敘述。
(5)因為是許多寒冷午後中的一個。
(6)因為是為此比賽而來的特定 fan （球迷），所以是「取決於 1」。
(7)因為是各種 wonderful time 中之 1 個。如果使用 the，表示他們度過的 wonderful time 只有 1 次，顯得相當奇怪。
(8)因為 J-League players 是取決於特定的團體。
(9)最高級的形容詞，因為最～的東西只有 1 個。
(10)difficult word 當然不是只有這個字而已。
(11)因為「最適當的翻譯」，使用了形容詞最高級的緣故。
(12)因為不是針對取決於特定的 1 個比賽來敘述。
(13)因為不是針對取決於特定的 1 頂假髮來敘述。

到這裡，我們結束了 a/the 的講解，你是不是覺得已上了軌道呢？各位對 a/the 的打擊命中率應該已有九成了。至少，使用時不會完全脫離狀況吧！從今以後，請一面實際地使用英語，方面慢慢地磨鍊今日所培養出來的語感。

最後，我們試著來做做一些練習。

練　習

請於下文⑴～⒀的括弧中填入 a 或 the，無適當者請打×。

Jane, like most of (1) students at her College, has (2) part-time job, She works at (3) family restaurant not far from her home. Although she usually likes (4) job, sometimes it can be very tiring and (5) boss can be unpleasant.

One evening last week, (6) male customer was very rude to her, making (7) personal comment about her appearance. Jane was most upset but said nothing and simply served (8) man his food as quickly as possible.

She wanted to forget (9) incident, but just as she was about to go home (10) boss called her and told her off in a really loud voice. He said that he had received (11) complaint from one of (12) customers and that she must learn to be more respectful. She tried to explain but her boss wouldn't listen.

That night, Jane decided to quit her job and to try to find (13) better one, where she would be treated more fairly.

（答案在 125頁）

§2 可數名詞與不可數名詞

你對 the 及 a 的用法了解多少呢？在這一節中，我們還要挑戰一個對我們而言有很大障礙的文法項目。那就是如何區別能數算的名詞（可數名詞）與不能數算的名詞（不可數名詞）。在我們的母語裡，使用名詞時，完全無需考慮這應該使用可數或是不可數名詞的問題；然而，這種區別在英語中是必須經常放在心上的。這種區別對我們而言，是既困難又討厭的。但是並不能因為討厭它就逃避它。因為英語為母語者經常藉由這種區別，交換各種訊息。

「水」和「狗」在性質是不同的，在英語中， water dog 是受到不同看待的兩個字。

❶	❷
water	*dog
*a water	a dog
*waters	dogs
the water	the dog
不可數名詞	可數名詞

例如，不可數名詞不得加 a 及以複數形出現（當然也不能與要求複數形的如 one, two 等表示「數量」的單字或是與可數算為前提的 many, few, several, both 等字連用。）相反的，可數名詞為單數時，不得以沒有冠詞的形式出現。

要列出這些特徵很簡單，但是要說明何種名詞是可數名詞，哪些又是不可數名詞則相當困難。因為這需要將事物的認識方法和文化背景連結在一起，而沒有實際而長時間地在英、美等國當地生活，是無法得知的。更令人討厭的是，並非所有的名詞都可被定為可數或不可數。同樣的名詞有時在文中以可數名詞的形式出現，有時卻又是以不可數的名詞形式出現。

雖然一開始，我們就列出了會減低學習意願的問題，但是，這些問題正是值得我們去探討的。深入到細微處之前，仍多少需要背誦；但是培養出在任何情況都不會受困的直觀，是有可能的。那麼，讓我們開始吧！

● 區分可數與不可數名詞

請試著舉出典型的可數名詞及不可數名詞。馬上浮現於腦海中的，大概是下述的這些單字吧！

可數名詞	不可數名詞
dog, cat, girl, boy, pen...	water, oil, wine, coffee, tea...

從這些例子中，你了解了什麼呢？談到不可數名詞的特徵，腦海中大概會馬上浮現「沒有形體」、「界線不明顯 = 沒有邊際」等解釋吧！也有人說它的特徵是「均質的（在任何一處均能分割，即使分割了性質也不會改變）」。相反的，對於可數名詞，你大概會說它有「固定的具體形態」、「能牢牢地統一」和「非均質的」等特徵吧！

在腦海中所浮現出兩者的區別，特別是有固定的具體形態這項基準，可說是辨別可數名詞與不可數名詞最大的武器。

那麼，在這裡我們來做個實驗。假設將一隻「有具體形態」的狗丟進機器中，攪成黏糊糊的液體，這種狀態的狗，要如何以英語來表現呢？

❸ [普通的狀態]
There is **a dog** here.
（這裡有一隻狗）
❹ [變成液體之後]
Dog is all over.
（狗散佈了一地）

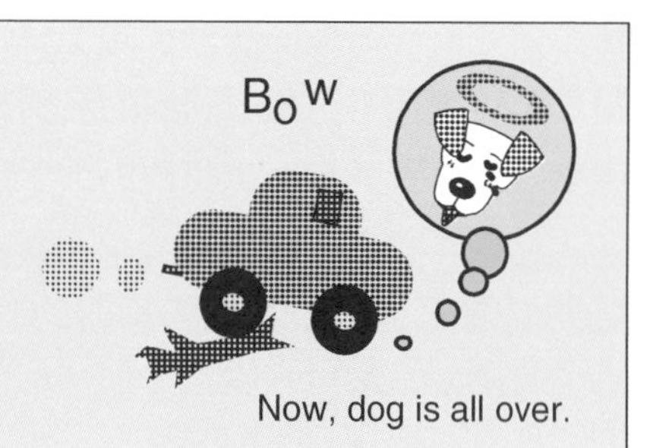

你看，狗也能巧妙地變成不可數名詞呢！還有一句更自然、更有趣：

❺ After I ran over the cat with our car, there was **cat** all over the drive way.
（我開車輾過了貓，貓在道路上散佈了一地）

順便地，我們來做個逆向的實驗，這次稍微正面點。

❻ [在咖啡店中]
John ordered three **coffees**.

coffee 本身雖然欠缺具體而統一的形態，但是在咖啡店中被拿出的咖啡，感覺上是被裝在杯中而統一了。結果，它就變成能可數的 1 杯、 2 杯了。從這些簡單的實驗中我們能了解，在區別可數名詞與不可數名詞時，這種**具體而統一的感覺非常重要**。

掌握了原則後，讓我們藉由例子來培養那種母語般的感覺吧！首先從我們熟悉的句子開始吧！

❼ a. I ate **a cake** yesterday.
b. I ate **cake** yesterday.

因為 a. 句是使用於可數名詞上的冠詞，所以「蛋糕」變成具體而統一的「1個」。但是 b. 句則不同，在腦海中沒有什麼統一的念頭，所以只說「吃了蛋糕」。

❽ a. We had **a delicious turkey** at Thanksgiving.
（在感恩節那天我們吃了美味的火雞）
b. It is traditional to eat **turkey** at Thanksgiving.
（在感恩節那天，吃火雞是傳統的習慣）

與前文幾乎完全相同的， a delicious turkey 都是完整的 1 隻被端出來吃；但是 b. 句中的火雞則沒有可數出 1 隻、 2 隻的統一具體性，也就是在腦海中沒有任何實質具體物的念頭，所以只說「火雞」。

❾ a. Jane put **an apple** in the salad.
b. Jane put **apple** in the salad.
（珍放蘋果在沙拉中）

見到 a.句就覺得「咦，好像有點奇怪」的人，就是已經逐漸學會近似母語的語感了。兩句都是「把蘋果放入沙拉中」的意思，但是 a.句使用可數的 apple，感覺有統一、具體性，表示是「完整的 1 個蘋果」。讓我來作一個歸納整理。

—— 屬於可數名詞的東西 ——

具有統一的特性及具體性的東西

這是原則。根據這個原則來決定，garlic（蒜頭）是不可數、onion（洋蔥）是可數（大多這麼被使用著）等。為什麼洋蔥是可數的，蒜頭是不可數的呢？因為煮菜時蒜頭一般都是切碎或磨泥，也就是不以完整的原形來使用。甚至當洋蔥放入湯中煮到原來的形狀完全消失時，也能以不可數來使用。談到這裡，幾乎每個單字都必須加以說明，甚至必須提及英、美人士對事物的看法（或是文化的背景）。不過，如果你能了解是上述的原則在發生作用，就可以不用那麼辛苦地學習了。請以原則為武器，循序漸進地去接觸英語吧！

遺憾的是，這個話題我們要在此打住。接著將進入正式的主題，之後的說明會稍微複雜，但由於原則不變，請好好把握。

對於大原則 —— 統一、具體的區別方式，我們要探討的將不只是一眼即可分辨出的「具體性」，而是要進入一個更抽象的階段。我們試著來思考 “Love” 這個原本就抽象的單字。

> ❿ a. **Love** is blind.
> （愛情是盲目的）
> b. **A love like this** can rarely be found nowadays.
> （這樣的愛情現在幾乎已經看不到了）

你應該可以了解 a. 句的 love 所含的意思是非常一般而籠

統的，完全感覺不到它有具體的統一性。相對的，b. 句的 love 如何呢？由於說到了「這樣的愛」，我們可以感受到「愛」的具體性。

⓫ a. **My overseas business** is going well.
b. **My overseas businesses** are going well.
（我的海外事業進展得很順利）

a.句的「海外事業」籠統地代表工作的全體；然而 b.句則不同，從句中我們可以了解到，說話者是在好幾個具體的工作浮現腦海中後，才說出這一句話的。

⓬ a. It's difficult to express **emotion**.
b. It's difficult to express **emotions**.
（將感情表達出來是件困難的事）

a.句只是單純而籠統地說出「感情」，b.句是將具體的喜、怒、哀、樂等各個感情置於念頭之中，而說出的一句話。你是否漸漸掌握住訣竅了呢?! 那麼，我們再向前推進吧！

⓭ a. Most people like **summer**.
（大部份的人喜歡夏天）
b. I hope we never have **a summer like this** over again.
（我希望這樣的夏天永遠不要再來）

b.句是思考著具體的夏天。

⑭ a. We had **a lot of wine** at the party.
(我們在宴會中喝了很多酒)
b. They serve **various wines** in this restaurant.
(這家餐廳供應各種酒)

一般而言，酒是沒有統一形體的，所以不可數，但是在敘述酒的各種種類時，由於要指定就是這種酒，而與其他的作一區別，所以感覺上變得統一而具體了，因此使用了可數形。

⑮ a. There is **lots of food** here.
(這裡有很多食物)
b. There are **lots of foods** in the world.
(世界上有很多種食物)

Lots of food !

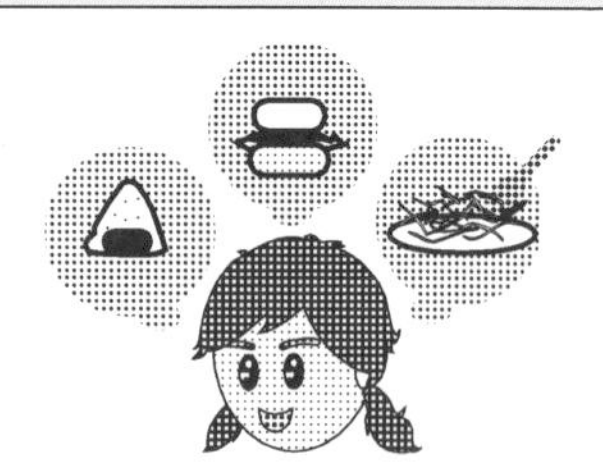
Lots of foods in the world.

a.句單單指「吃的東西」；b.句是可以數出來的食物，也就是食物的各個種類在腦海中浮現幾樣而說出這個句子的。

說明到這裡完全結束。之後只剩下磨鍊自然英語的感覺了。請仔細閱讀下面的文章，慢慢地思考它為什麼會選擇可數或不可數的理由。

"I can't sleep. There's too much [1a]**noise**," Nancy said. "Of course! There are all kinds of [1b]**noises** coming from the street. We're in the center of Paris, after all!" said Mary.

Even though it was [2a]**winter**, and a very bad [2b]**winter** at that, the girls chose to go to France for their graduation trip. They had dreamed of trying French [3a]**wine** and [4a]**cheese**, but they didn't realize there were so many [3b]**wines** and [4b]**cheeses** to choose from. It is said that there is a different French [4b]**cheese** for every day of the year! [5a]**Tradition** is important in all European countries and fine "cuisine" is certainly one of France's most respected [5b]**traditions**.

Another attraction of Paris is, of course, [6a]**romance**! It is always in the air and both Nancy and Mary were hoping to find a special [6b]**romance** during their stay.

[**譯文**]

「我無法入睡，這裡有太多的噪音了。」南茜說。「當然囉！有很多種聲音從街上傳來。畢竟，我們是在巴黎的市中心哪！」瑪麗說。

儘管這裡時序已進入冬天，而且是個很嚴寒的冬天，南茜和瑪麗還是選擇巴黎作為畢業旅行之地。她們夢想著能試試法國的酒和起司，這裡有這麼多種類的酒和起司是她們所不知道的。據說法國起司的種類多到一年中的每一天都能吃到不同種類的起司呢！歐洲各國都很重視傳統，而「飲食」是法國幾個傳統中，最受尊重的傳統之一。

巴黎還有一項魅力——當然是浪漫！巴黎的空氣中到處都飄逸著浪漫，南茜和瑪麗都希望在她們停留的這段期間中能覓得一份特別的羅曼史。

[**解說**]

(1a) 看到前面加有 much，相信你已知道這是沒有統一、非具體的 “noise”（噪音）了吧！單純地指「非常吵雜」。

(1b) 這次可以使用可數，因為它指的是能感到統一性、具體的聲音，亦即，貓啊、狗啊、車子的聲音、人的談話聲等，個別可以辨識的噪音 (individually recognizable sounds)。

(2a) 單純地敘述著籠統的季節。

(2b) 在敘述特定的或某一種類，能與其他的作一區別時，便出現了具體性，所以可使用可數。例如， the winter of 1967, a terrible winter 等。本句的情形也能作同樣的思考。

(3a) 絲毫沒有具體性，單純指「酒」而言。

(3b) 腦海中浮現了各個種類的酒。（例如：Burgundy, Bordeaux, Claret 等）

(4a) 單純地只描述「起司」。

(4b) 腦海中浮現了各個種類的起司。（例如：camembert, brie, gruyère 等）

(5a) 對文化風俗作一般性的敘述。

(5b) 腦海中浮現了各式各樣、具體的風俗習慣。

(6a) 不具任何具體性，對「浪漫」進行一般的描述。

(6b) 這兩位女性與誰邂逅而產生的具體的「羅曼史」。

Mary: [(1)]**Love** is a popular theme in Western music, isn't it?
Nancy: Yes, it is. I was listening to some old Beatles' songs last night, and they were full of lines like: "Love is all you need" and "[(2)]**A love** like ours will never die." But true love doesn't seem to be so easy to find these days. In the U.S. and Europe, [(3)]**divorce** is becoming more and more common.
Mary: In Japan, too, the number of [(4)]**divorces** is increasing year by year.
Nancy: Uum...So, do you think [(5)]**marriage** is bad?
Mary: No, not at all. I want to have [(6)]**a really happy marriage**, so I'm going to choose my partner very carefully!
Nancy: Me too! My future husband will have to have lots of [(7)]**qualities**, such as...
Mary: Oh, my God! I have to go. I'm late for my date! Sorry. Bye!
Nancy: But...but...Mary!

[**譯文**]

瑪麗：在西洋音樂中，「愛」是一個普遍的題目，不是嗎？
南茜：是的，昨天我聽了幾首披頭四的老歌，歌詞中充滿了很多像是 "Love is all you need" 啦， "A love like ours will never die"啦的愛。但是，最近真愛好像很難尋覓。在美國及歐洲，離婚變得越來越平常。
瑪麗：日本也是一樣。離婚件數每年都在增加呢！
南茜：嗯，你覺得結婚不好嗎？
瑪麗：不，一點也不，我希望能有一個真正幸福的婚姻，所以我將慎重地選擇我的伴侶。
南茜：我也一樣！我未來的丈夫要有很多美好的特質，例如……。

瑪麗：哦！我的天啊！我必須走了，我的約會要遲到了！對不起，再見囉！

南茜：但……但是……瑪麗！

[解說]

⑴沒有具體性，顯示出籠統的“Love”。

⑵但是，在這裡是歌中出現的、兩人之間的 love，所以帶有具體性。

⑶描述一般的「離婚」。

⑷以實際發生、具體的各個離婚數目作為問題，所以為可數。

⑸是對「結婚」一般的描寫。

⑹針對具體的結婚（她的結婚）作敘述。

⑺quality 通常是不可數的，用於表示 general excellence，但是在本句中，由於是思考各個具體的 quality，所以變成可數。

可數與不可數的區別，你了解多少了呢？雖然這些都是非常微妙的說明，但是我想會讓你有「啊！原來有這樣的差異」的體會。最後，我們試著來做一些練習。

練　習

那麼，開始我們的補強問題了。下列(1)～(10)是用可數或是不可數較好呢？請仔細考慮理由，再圈選。

AT KATHY'S HOUSE

Kathy: Oh, hi, Ann! Come in.

Ann: Thanks, Kathy.

Kathy: Good timing; I've just made (1)**a/chocolate cake**.

Ann: Great. I love (2)**a/chocolate cake**!

Kathy: Would you like (3)**a/tea** or (4)**a/coffee**?

Ann: (5)**A/coffee**, please.

Ann: Mmm...this is delicious!

Kathy: Thanks. So, what's up?

Ann: Well, I dropped by to ask for (6)**a/help** again. Last time I had a problem, you were (7)**a/great help** to me.

Kathy: Sure. Tell me about it.

Ann: Well, it's about my eldest daughter. She's crazy about (8)**a/sport**, which is OK, but she isn't giving enough (9)**time/times** to her (10)**study/studies**. Her grades this semester were terrible!

Kathy: Oh, I see. Well, I have a few suggestions. Listen...

怎樣呢？解答在 126 頁。如果做錯了幾題，請不要放在心上。如果閱讀解答能讓你完全理解，那麼自然語感的種子就在你的腦中撒下了。之後你只要多接觸英語，將這些重要的種子慢慢地培育就行了。

§3 any 的意義

本章最後的話題，就是大家熟悉的 any。這個單字是出現在國中 1 年級的基本單字，但是各位之中，似乎仍有許多人不太會用它。我也曾在國中及高中學到「any 是一些的意思，在疑問句及否定句中代替 some」、「not～any 是 1 個～都沒有的意思」、「any 在疑問句中有時也可以不翻譯出來」等一些不可思議的規則，卻被這些規則弄得搞不清楚 any 意思的經驗。我當時心中的疑問是「英語為母語者真的使用如此複雜的規則嗎？」

那麼，我們來解說 any 的意思吧！實際上，只要知道它單純的意義就可以。

出現 any 的代表性句子，根據一般的文法書有下列幾個句子。

❶ 否定句 I didn't see anybody.
（我沒有看到任何人）
❷ 比較句 He is taller than anybody in his class.
（他比班上的任何人都高）
❸ 疑問句 Has any boy come?
（有任何一位男孩來嗎）
❹ 助動詞句 Any child can do that.
（任何小孩都會做）
❺ 條件句 If you eat any candy, I'll punish you.
（如果你吃了任何糖果，我將會處罰你）

any 既不與 some 同義，也不是「多少」的意思，例如以下的句子，你仔細思考後應該馬上能分辨出來。

❻ [考試後學生與友人的對話]

a. I'm not sure I'll pass because I didn't know the answers to **some** of the questions.

b. I'm sure I won't pass because I didn't know the answers to **any** of the questions!

a.句是「由於有一些問題不知道答案，所以不確定是否能及格」；然而，b.句是「任何問題都不知道答案，所以大概不會及格吧」。看到這裡，你還認為「some與any的意思相同」嗎？

英語為母語者所知道的any的意思是

—— any的意思 ——

選擇的任意性（什麼也……）

就是這麼簡單。也就是，**「無論取出腦海中浮現的哪一個（人或物）也……」**的意思。讓我們來看看前面的代表性句子。

⑴無論你提到哪一個人，我都沒有看到他。（＝誰都沒有看到）

⑵無論是他們班上的強生或約翰，無論你提起哪一個人，他都比他們高。（＝他比誰都高）

⑶無論哪個男孩都好。

⑷無論選出怎樣的小孩……。

⑸無論哪種（種類）的糖果……。

對於 any 我們必須記住的，就只有上述的原則。當然，如果是合乎此選擇的任意性的句子，即使是剛才的代表性句子以外的句子也可使用 any。

❼ Choose any cake.
（選哪一個蛋糕都好）

❽ Any man normally loves a woman.
（一般而言，男人都愛女人）

❾ Any Shakespeare play is worth reading.
（無論哪一齣莎士比亞的戲劇都值得讀）

各位讀者應該已經了解，為什麼 any 很難出現在直述句中。試讀下面的句子，你應該知道它為什麼有點奇怪。[注]：句前有*記號表示這句的意思奇怪。

❿ *John met anybody.
(c.f. John met somebody.)

這句話原來好像是想說「遇到某人」，但是似乎有點奇怪。其實它翻譯起來應該是「無論是哪一個人都好，我遇見了這個人」，所以奇怪。

重要的是，不要去死背「 any 不會出現在直述句」等旁枝末節的規則，而是要記住它的「選擇的任意性」。

練　習

請選出正確使用 any 的句子。

1. John was talking to **any**body on the phone when I came in.
2. You can borrow **any** book in the library.
3. **Any** movie is OK with me.
4. I gave **any** presents to my boyfriend.
5. I can't find the way to **any** of these places.

（答案在 128 頁）

第 III 章

學習否定句

本章的重點是否定句的。各位是否對於「全句否定」、「部份否定」等「規則」深感困擾。「這些規則在說什麼啊？真的不太懂」的人，請閱讀本章，然後忘掉那些規則。我們將告訴你更為有用的想法，來代替那些規則。

首先，我們利用下面的句子來做一下頭腦體操吧！

> ❶ a. You **must not** step onto the grass.
> （不可進入草坪）
> b. You **may not** step onto the grass.
> （不可進入草坪）

a.句是比較嚴格的表現，然而兩句都是禁止、「不可做～」的意思，接下來就是我們的問題。must 有「必須做～」的意思，may 有「可以做～」的意思。2 個單字的意思明顯地不同，為什麼加上 not 以後，意思就變得一樣了呢？

是因為習慣嗎？是的，就是習慣。但是，我們試著多思考一下這項習慣吧！這與本章的原則是有相互關連的。

may not 會變成禁止的意思，想起來其實一點也不難，將「可以做～」翻轉過來（否定），就變成「不可以做～ ＝ 不可～」。那麼 must not 呢？「必須做～」倒轉過來，就變成「不必須做～ ＝ 不做～也可以」的意思，這樣一來便失去禁止的意味了。到底為什麼會這樣呢？

答案在於 not 的性質。因為 not 並非一直都是翻轉（否定）整句的文意的。

a.句中，not 所否定的是如下的畫線部分。

a. You must **not** step onto the grass.

也就是，否定「進入草坪」一事，可以轉變成「不得進入草坪」，這與 must 的含意相等，於是就成了「必須不得進入草坪」的禁止意思。另外，b.句的變化如下。

b. You may **not** step onto the grass.

也就是，否定「也可以進入草坪」後，就變成了「沒有可以進入草坪的道理」的禁止意味。

雖然有點牽強，但是請不要忘記以英語為母語者，並不是經過這樣的計算才去使用 must not, may not 的。不過，更不可忘記的是 not 的特質。

在解釋 not 時，請注意它進行否定的範圍

那麼，我們來做些練習吧！下例是有著二種意思的曖昧句。

❷ John does**n't** love Jane because she is rich.

其一，not 否定如下畫線的部份:

John does**n't** love Jane because she is rich.
（約翰不愛珍，因為她有錢）

其二，稍微有點難:

John does**n't** love Jane because she is rich.
（約翰不因為珍有錢而愛她）

當然，說話時不會有曖昧的感覺產生。因為如果在 because 前稍微停頓，這句話就只能是第一種意思（或為書面文句時，可在 because 前加上逗點即可）。像這樣，我們在解釋 not 時，必須經常注意它的範圍。好，我們再繼續前進吧！請一面注意下例 not 的涉及範圍，一面試著譯出此句。

❸ a. He did**n't** kill his wife intentionally.
（他並沒有殺害妻子的打算）
⇒ 殺了，但不是有意的
b. Intentionally he did**n't** kill his wife.
（（殺妻只是）意圖上的，（但）他沒有殺害妻子）
⇒ 沒有殺，這是他的想法

❹ a. He did**n't** do it deliberately.
（他沒有慎重地做它）
⇒ 做了，但是並不慎重
b. Deliberately he did**n't** do it.
（慎重地，他沒有做它）
⇒ 沒做，因為他的慎重

又，not 也常常以接續在其後的那個單字為否定的範圍。

❺ **Not Harding** but Kerrign won the silver medal.
（不是哈丁而是奎利根贏得了銀牌）

從以上的說明，你應該可以了解，not 這個字並非一直都是否定整個句子的，根據不同的情況也會改變它的否定範圍。

弄得你頭昏腦脹的這種被稱為全文否定、部份否定的東西（完全沒有記住用語的必要），就是從 not 這個字的性質產生出來的。

❻ All the arrows didn't hit the target.

這句由於否定範圍的差異（❻ 的 a.、b.句），所以產生了兩種解釋，其一是「所有的箭都沒有射中目標」；其二是「不是所有的箭都沒有射中目標」。這就是全文否定、部份否定的真貌，相信你已經不會再擔心它了。因為只要注意 not 的否定範圍，那就足夠了。

最後，我們來談談有關否定範圍的原則。請想想下面例句的意思（畫線部份為 not 的否定範圍）。

❼ a. The rich are **not** always happy.
（有錢人並非總是快樂的）
b. The rich are always **not** happy.
（有錢人總是不快樂的）

請注意 not 與 always 的位置。a.句中 not 的右側是 always，這種情形下 always 進入 not 的否定範圍中，「總是快樂的」被否定為「並非總是快樂的」。b.句中，位於 not 的右側只有 happy 一字，所以，not 只否定 happy。這麼一來，not 只否定「快樂」，所以變成「總是不快樂的」。像這樣，除去幾個例外，**not 幾乎都是否定右側的內容**。

我們再回顧一下前面的❸、❹例句。我們可以看出，intentionally 與 deliberately 都是在 not 的右側時才進入否定範圍的。另外，就連❻般曖昧的情形中，被視為優先的意思也是❶，否定 not 的右側。解釋為❷是在相當特殊的情況中才會發生的，連以英語為母語者也要花點時間才能抓到這層意思。所以，各位只要記得「 not 的右側」就足夠了。

運用這個原則，最後再思考一下以下句子意思上的不同之處。

❽ a. Mary did**n't** marry Tom with her parents' approval.
（瑪麗沒有得到雙親的允許就和湯姆結婚）
b. With her parents' approval, Mary did**n't** marry Tom.
（得到雙親的允許，瑪麗沒有和湯姆結婚）

a.句中，是否定了「得到雙親的允許與湯姆結婚」。也就是「並不是得到允許後才結婚」，由此我們可以知道瑪麗和湯姆已經結婚了。然而 b.句呢？not 的右側只有 marry Tom 而已，所以「瑪麗沒有和湯姆結婚」，差異很大吧！

接著 not 就沒什麼好學的了。即使沒有特別意識，也能自然地學會 not 的使用方法，只要謹記注意它的否定範圍。

第IV章

學習被動語態

也許你會覺得意外，被動語態對我們來說，竟然也是感到棘手的項目之一。當然，如果是英語學到某種程度的人，作成被動語態並不是那麼困難的事。不過，要能正確地使用它，是有相當困難度的，本章是重點式地解說被動語態的正確使用方式。

例如，在這裡發生了右圖所示的狀況。在這個狀況，如果以湯姆為主體來描述，就是「湯姆親吻了瑪麗」，但是如果以瑪麗為主體，就變成了「瑪麗被湯姆親吻了」，翻譯成英語就是：

❶ Tom kissed Mary.
❷ Mary was kissed by Tom.

像❶般的句子被稱為主動語態句，❷般的句子則被稱為被動語態句。雖然本章中我們要談的是被動語態，但最重要的是**不要過度地使用被動語態**。不能因為所有的句子都可分為主動語態與被動語態，所以認為使用頻率應該相同。當然，主動語態幾乎是使用的主流。在聯考的英語試題中，有時會要你將主動語態改為被動語態，但在日常使用中，只要是以主動語態就能充分表達意思，就無須刻意地改為被動語態，被動語態自然有它適用的場合。在進入主題之前，請先牢記這個觀念。

§1 構成被動語態的方法

被動語態的構成方法，並不是那麼複雜。

被動語態句子的構成方式

主詞	+	{be / get}	+	過去分詞 (+ **by**...)
⇩		⇩		⇩
表示是誰承受了這個行為		顯示過去、現在等[時態]		表示是誰做了這項行為（大部分被省略）
		被～		（被）誰～

例如，可變成下列各種時態:

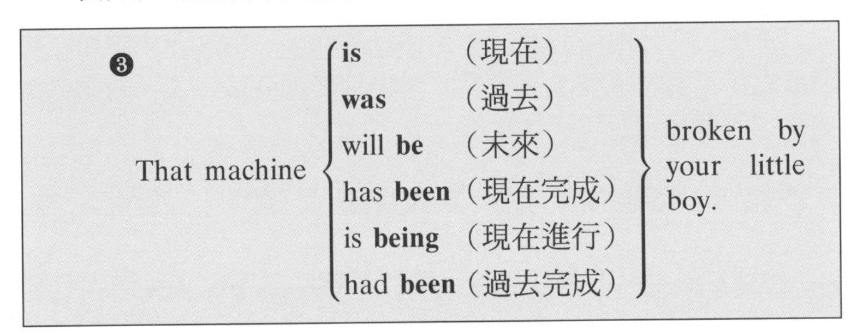

❸

That machine {
is　（現在）
was　（過去）
will **be**　（未來）
has **been**（現在完成）
is **being**　（現在進行）
had **been**（過去完成）
} broken by your little boy.

黑體字是被動語態的 be 動詞。

表示誰做這項行為的 by... 通常被省略。（這點在本質上與被動語態有關聯，我們以後會說明）

另外，也常使用 get 來代替 be 動詞，不過它的意味比 be 動詞狹窄。我們將在§3 對這點提出說明。

§2 有效地使用被動語態的方法

被動語態的構成方法由於沒有那麼複雜，所以我想幾乎所有人都很熟悉了。但是，請注意它的使用方法。由於受到在初中及高中時，做了許多將主動語態改為被動語態的練習的弊害，很多人在本來應該使用主動語態的地方使用了被動語態；甚至有人刻意地以被動語態來說英語，變成受被動語態「改造」的人。就像我們的母語一樣，英語也是一種生活的語言。所以能以主動語態來表達，就沒有必要刻意地去使用被動語態。正是為了使很難用主動語態來表達的內容能方便地說出，所以有被動語態的產生。那麼，在這種時候，你就應該使用被動語態了。

> 被動語態是個特別的形態，使用時要有相應的理由

那麼，在什麼時候應該使用被動語態呢？接著我們將舉出幾項重點，不過請不要去死背它。慢慢地詳細閱讀一次，應該就能抓住它的感覺。

● 說話的過程中，有必要突顯承受這項行爲的人時

❹ Out of over 50 applicants, Mary **was offered** the job.
（從 50 位以上的應徵者中，瑪麗得到了這份工作）

❺ a. There was some confusion but, after examining the video closely, it became clear that Hans had **been obstructed**, and so he **was allowed** to race again.
（雖然有些混亂，但是在仔細檢查錄影帶後，明白了

漢斯被其他選手妨礙跑步，所以競技委員會允許他再跑一次）

在❹中，50 位以上的應徵者中是誰獲得了這份工作，成了這句話的重點。**為了將這個「誰」置於主詞的位置，並突顯它，於是使用了被動語態**。❺ a.句也相同，由於漢斯成為話題的中心，為了將之置於主詞上，於是使用了被動語態。我們可試著將❺的例子僅利用主動語態來表達：

❺ b. There was some confusion but, after examing the video closely, it became clear that other racer obstructed Hashimoto, and so the judges allowed her to race again.
（雖然有點混亂，但是在仔細檢討錄影帶後，明白了其他的選手妨礙了漢斯的跑步，所以競技委員會允許他再跑一次）

你應該察覺到這次的話題中心，並不像前句般是放在漢斯身上。

● 為了避免「大頭」句

一般而言，英語有忌諱「大頭」文句的傾向。因為如果主詞過長，在「做～」的動詞部份出現之前，常有令人久等的感覺。在這層意思上，下列例句就不能說是好句子。以黑體字顯示出的主詞由於過長，整句有「頭大身小」的感覺。

❻ a. **Kent and Mary's decision to cancel their wedding** shocked everyone.
（肯特和瑪麗決定取消他們的婚禮，令所有人大吃

一驚）

b. **That Japan didn't make it to the World Cup Soccer Finals in the USA** disappointed the entire nation.
（日本沒有進入在美國舉行的世界足球盃決賽一事，令日本全體國民感到沮喪）

為了避免像這樣的大頭句子，英語的結構有了各種變化。例如，把不具意思的 it 置於主詞及受詞中 (it...that 等) 是方法之一。被動語態也常常用在這樣的目的上。上述感覺不佳的句子，在使用被動語態後變得易讀多了。

頭大身小

❼ a. Everyone **was shocked** by Kent and Mary's decision to cancel their wedding.

b. The entire nation **was disappointed** that Japan didn't make it to the World Cup Soccer Finals in the USA.

● 爲了使句子顯出客觀性

❽ a. It has **been clearly shown** that drinking and driving is a deadly combination.
（喝酒與開車是死亡（ ＝ 成為死亡的原因）的組合，這已經被明顯地顯示出來了）

b. It **is often said** that English is a difficult language.
（英語是一種困難的語言，這事常常被說）

你大概也可以從譯文清楚地感覺到，與其說「顯示～」、「說～」，不如說「被顯示」、「被說」來得客觀。類似的事情在我吹噓時也常會用「～這麼被說著」，因為這麼說**能給予對方這是客觀的事實般的感覺**。

接著是最後的重點，這是最重要的一點。

● 不知道、沒有敘述的必要，或不想敘述是「誰」去做了這個行爲的場合

我們試著來思考主動語態的結構，主動語態的結構一定是「誰做了～」。但是依據文意的不同，有時會有省略「誰」的情形。

> ❾ a. Those pyramids were built in ancient times.
> （那些金字塔是在古代建造的）
> b. English and France are spoken in Canada.
> （英語和法語在加拿大被使用）
> c. Many books on linguistics have been published since the 1960s.
> （1960 年代以後，很多語言學的書被出版了）

例如上述的句子中，要描述是「誰」做的頗為困難，而且顯然地也沒這個必要吧！這種情況下，如果使用被動語態，構成句子時自然能省略「誰」。**英語的被動語態幾乎很少使用by**，這個事實顯示了被動語態的使用大多是來自上述的動機。

下面的例句中，敍述「誰」雖然並不困難，但是若說出「誰」，相同的人就重複出現太多次了，為了避免這樣的情況，所以使用被動語態。

⑩ BOSS: This report must be typed and then a copy must be given to each committee member. Also, the guest speaker for tomorrow night's meeting should be confirmed, and...er...oh yes, a table for 6 has to be reserved at Sabatini's. I think that's all!
SECRETARY: Yes, sir.
（老闆：將這份報告打字，然後發給委員會的成員每人一份，然後確認明天晚上的會議所邀請的演講來賓，還有，呃……對了，向莎巴提妮餐廳預定一個 6人的桌子，我想就是這樣了。
祕書：是的，我知道了）

當然，句中所有事都是要祕書去做的，但是如果使用主動語態就成了 You must...，這麼一來，You 將重複地出現。

被動語態，就像這樣，能代替以主動語態無法完美地表達的情況，請參考上述要點，學好被動語態的使用方法。再提醒你，重要的是被動語態只在必要時才使用，千萬不要過度使用了哦！

接下來，為了幫助你不要作出奇怪的被動語態，我們再追加一項重點。下面的句子中，有 * 記號的是被動語態被用得很奇怪的句子。請試著想想看，它為什麼奇怪。

⑪ a. The mountain **was climbed** by so many people that it had to be closed.
（這座山被太多人攀登（環境被破壞），所以不得不關閉）
b. *The mountain **was climbed** by Bob.

（這座山被鮑伯攀登）

⓬ a. In the movie “Home Alone”, Kevin **was left** at home by his family.
（電影「小鬼當家」中，凱文被他的家人留棄在家中）

b. *The house **was left** by the family.
（這房子被那個家庭遺棄）

⓭ a. The video-recorder **was used** by all the students in the college, so now it needs replacing.
（這臺錄影機被大學中的所有學生使用過（變得破破爛爛的），所以必須換新）

b. *The video-recorder **was used** by Kent.
（這臺錄影機被肯特所使用）

⓮ a. The Mona Lisa **was photographed** by all the visitors, so the paint was damaged.
（蒙娜麗莎這幅畫被所有的遊客拍照，所以畫的狀況受損了）

b. *The Mona Lisa **was photographed** by Mary.
（蒙娜麗莎這幅畫被瑪麗拍了照）

⓯ a. Trash **was left** in the park by all the visitors.
（垃圾被遊客留在公園中）

b. *Trash **was left** in the park by one person.
（垃圾被某一個人留在公園中）

怎麼樣呢？為什麼有 * 記號的句子，意思顯得奇怪呢？這與被動語態的重要意味有關。也就是為了要能正確地使用被動語態，要了解它的意義在於**「由被動語態表現的行為，必須對事態造成某些影響才行」**。鮑伯去攀登這座山，那麼這座山受到什麼影響了嗎？答案是沒有吧！但是，假設有太多的人去爬這座山，那麼會如何呢？另外，小男孩被家人留棄在家，他的感受又會是如何地深刻呢？即使一整個家族搬離了這個家（房子），對房子的本身想來是不會有影響的。

其他的句子也請試著仔細去思考。你大概漸漸能體會使用被動語態時說話者的心情吧！當然，這並不是「規則」，也沒有必要去記它。但是，如果不了解這種「心情」，就無法圓熟地使用被動語態。

讀到這裡，原本枯燥無味的被動語態，也在你的腦中活蹦亂跳起來了吧！那麼最後，我們來看看 get 在被動語態中如何使用。

§ 3 使用 get 的被動語態

使用 get 的被動語態，比起 be 更有特殊化的意思。如果你會德語，它的意思相當於 werden 被動語態，而非 sein 被動語態。也就是它是單只表現**「已被做的～（事件）」**，而非**「正被做著～（狀態）」**的被動語態。當然，使用 be 的被動語態兩者都能表現。

⓰ a. He **got arrested** for driving drunk yesterday.
（他因為酒醉開車被逮捕）
b.*English **gets spoken** in Canada.
（英文在加拿大被使用）

出事了！

「因酒醉開車被捕」是事件吧！那麼「英語在加拿大被使用」這句又如何呢？這也能說是事件嗎？因為 get 被動語態只適合於「事件」。

再更詳細地說明，即使在「事件」中，也大多用在無法預期的突發事件上。

⓱ a. *This book got written by Ohnishi and McVay.
（這本書被大西及麥克威所寫成）
b. *Mary got born in 1994.
（瑪麗於 1994 年出生）

書被寫或嬰兒出生雖然也是事件，但並不是無法預期的突發事件。請記得，像這樣的情況 get 被動語態是不適合的。

到這裡，被動語態的說明告一段落。也許你的心中有很多感觸吧！請一面思考在什麼動機下使用它，一面更加強語感的磨鍊。

It [1]**is often said** that New York is a dangerous city. Every year many people [2]**get robbed**, and some even [3]**get killed**. Actually, I visited New York last summer, and my bag [4]**was stolen** in a restaurant! Despite all that, however, I think the dangers have [5]**been greatly exaggerated** and we should focus more on the beauty and excitement of the city. There are so many wonderful sights to [6]**be seen**, like the famous Statue of Liberty, which [7]**was erected** in 1886. And, of course, the visitor [8]**is spoilt** for choice when it comes to entertainment, as all the best shows can [9]**be seen** on Broadway.

A city full of contradictions, certainly, but I [10]**was thoroughly impressed** by the "Big Apple" and would highly recommend it to anyone.

[**譯文**]

紐約常被說是一個危險的城市。每年有很多人被搶，其中甚至有人被殺。事實上，去年夏天我也去了紐約，我的皮包竟然在餐廳中被偷了！即使如此，我仍然認為紐約的危險被過份誇大，我們應將眼光放在它的美及其刺激的氣氛上才對。這裡真的有很多絕佳的場所。例如，建造於 1886 年有名的自由女神像。還有，在選擇娛樂活動上，遊客是被寵壞的，因為你可以在百老滙中看到所有最棒的表演。

的確，這是個充滿矛盾的城市，但是，我完全被這個 "Big Apple"（大蘋果，紐約的俗稱）所感動，而且它值得我推薦給任何人。

[**解說**]

(1)為了給予這段話客觀性，以及避免 people 等沒有什麼意義的主詞。
(2)、(3)的焦點不在於是誰去了，而在於 rob 及 kill 這些行為本身。另外，為了突顯出這樣的行為是沒有預料到的突發事件，所以使用 get 被動語態。

⑷當然，因為不知道犯人是誰，所以不能使用主動語態。

⑸和⑴一樣，為了帶出客觀性。

⑹與⑸相同，被動語態經常代替 You can.../People can... 等一般的主詞來使用。

⑺不知道這是由誰建造的，而且這似乎是無關緊要的。

⑻為了使它具有客觀性。

⑼與⑻同。

⑽利用被動語態的 N.Y. impressed me，將焦點集中在紐約上；由於「我」有什麼樣的感想是很重要的，所以以 I 為主詞，使用被動語態。

第 V 章

學習時間的表示方式(時態)

精彩的高潮戲終於要開始了。描述某事件發生的「時間」的方法，對任何語言而言都是非常重要的。正因為這樣，以英語為母語者他們的語感也變得敏銳而微妙。為了使你所說的英語更像英語，學習時間的表示方式是無可避免的一個項目。請慢慢地、仔細地閱讀，你應該能逐漸領悟它們的文法才對。

英語基本上有三種時態的表現方式。它們個別所表示的意義，我們將在§1 中說明。在§2 中，我們將複習你所熟悉的 will, be going to 等未來式的表示方式，讓我們分別來捕捉它們具有的微妙差異。§3 將針對各位理所當然地使用的現在式、過去式來解說令你意想不到的使用方法。§4、§5 請摒除雜念地認真閱讀，這兩節介紹的是我們通常最感棘手的假設法、時態的一致。最後的§6 是歷史的現在，如果有人想:「為什麼現在能表現過去的事，真不可思議。」本節是必讀的。

如果你能順利地讀通本書中所占篇幅最多的這一章，那麼你一定能感覺到英語從未如此親近過!

§1 時態的三大類型

各位，如果談到時態，你會想到什麼呢！現在式、過去式等一定會立刻浮現在你腦海中吧！在我們奔向這些時態之前，在這裡先做個非常基本的說明。

現在式及過去式，概括來說，就是**「具有時態的形式」**。雖然如此，英語中也有不具時態的情形，這就是動詞為原形時。英語的時態是藉由動詞的形，也就是現在式、過去式的變化來表現（現在式：如動詞第三人稱單數，語尾 + (e)s；過去式則在語尾 + ed）。也就是，**沒有動詞變化的原形是「沒有時態的形式」**。另外，英語上還有一種特別的時態——**「假設法」**。於是我們可以歸納出三大類型的英語時態：

①具有時態的形式 ｛現在式 / 過去式｝
②沒有時態的形式
③假設法

如果你想精通時態，就必須從這裡開始。因為，這三個類型各自擁有它典型的意義。

● 具有時態形式的意義

❶ a. John **kissed** Mary.（過去式）
b. John **lives** in Taipei.（現在式）

兩句都擁有各自時態的形式，譯文分別是「親吻了瑪麗」、

「住在臺北」。從時態上，我們可以了解它**所描述的是某一時點發生（正在發生）的事實**。當然，下列的情況，也同樣地是在敘述事實。

❷ a. That he **owns** a handgun is illegal in England.
b. That he **told** a lie surprised me.

請注意黑體字部份。它們分別是現在式、過去式。當然，之所以說「是違法的」、「嚇了一跳」是因為「他拿著一把槍」、「他說了謊」這樣的事實。

● 沒有時態的形式的意義

那麼，沒有時態的形式又有什麼樣的意義呢？

❸ a. For people to **own** handguns is illegal in England.
b. It's wrong to **tell** a lie.

在這裡，由於是接在 to 不定詞之後，所以動詞使用原形。也就是沒有時態的形式。這種情況與具有時態的形式不同的是，它並不是在敘述一項「事實」。「人擁有槍」這件事、「說謊」這件事，都**不是特定的事實，而是在敘述「一般的」情形**。我們再舉出一個例子：

❹ For parents to love their children is natural.
（父母親愛他們的小孩是天性）

這裡並不是特別指名哪一對父母愛他們的孩子，而是描述「父母親愛孩子」這樣非常一般的情形，也可以說它是敘述「**非事實**」吧！

● 假設法的意義

假設法的時態形式與一般的時態不同，而且也不依照時態的一致性。那麼這樣的時態到底有什麼樣的意義呢？

❺ If I had wings, I would fly to you.
（如果我有翅膀，我將飛到你身邊）

與先前的「事實」、「非事實」相比，假設法所表示的意義，是「**反事實**」的。也就是說，想起與事實相反的假設世界，而以推測的方式表現。

那麼，我們來作一個歸納：

時態表現	基本的意義
①具有時態的表現	事實
②沒有時態的表現	非事實
③假設法	反事實

了解這項最重要的原則後，你就能逐漸看清迷霧後的景象了。

讓我們舉幾個例子。大家應該知道命令句吧！

> ❻ a. Be honest.
> （要誠實）
> b. Study hard.
> （要努力讀書）

請注意動詞，是原形吧！為什麼命令句的動詞要用原形呢？這是因為它如果是事實就傷腦筋了。下命令時，這命令的內容還不是事實；**正因為不是事實才去命令**。所以，如果這時用了敘述事實時態的形式，那就傷腦筋了，是不是？

再給你一個例子。與高中英文文法認真戰鬪的各位，當學習時態時，一定讀了許多非常奇妙的「規則」吧！你記得「接續在表現願望、提議、要求、當然等動詞之後的 that 子句，要使用原形動詞」這項規則嗎？這個規則是想說明下述的現象。（有 * 記號的句子表示意思奇怪）

> ❼ Bill {demanded / requested / ordered} that {*Mary will invited Joe. （有時態） / *Joe is allowed to drive. （有時態） / Mary invite Joe. （沒有時態） / Joe be allowed to drive. （沒有時態）}
> （要求、要求、命令）

這些動詞，後面不能接續有時態的形式，為什麼呢？因為如果 that 以後具備了時態的形式，那麼意思就變得很奇怪了。也就是說，**要去希望、提議、要求「事實」是誰都無法做到的事**。所以，當然在這裡需要的是表現「非事實」的、沒有時態的形式（當然也能使用助動詞 should （應該））。如果你用這種方式來思考，是不是就不用那麼辛苦地死背，而能輕鬆自然地理解了呢？是的，語言就是要變成各位能自然使用的東西，連所使用的規則都要是單純、易懂的。

最後，我們試著來確認各位是否已經有了母語般的語感與語調。如果你能非常清楚下列例句的差異點，那麼你就跟以英語為母語者的英語差不多了。

❽ Joe insisted that {Bill finishes dinner by 10:00. / Bill finish dinner by 10:00.}

上一句是有時態的，所以代表事實，堅持「比爾 10 點之前吃完晚餐（有這個習慣）的事實」，你可以想像，就好像法庭中證人正在講出證詞的樣子。相對的，另一個例子由於沒有時態，所以不是事實，堅持「比爾（應該）在 10 點之前吃完晚餐」。

§2 表現未來的方式

請再回顧一下本章的第一個表:

①具有時態的形式 ｛現在式
過去式
②沒有時態的形式
③假設法

為什麼這個表中沒有未來式呢？各位也許會覺得奇怪。的確，有些文法書將 John will go. 解釋為「未來式」，但是從結論來看:

英語中，未來式是不存在的

如前所述，英語中的時態是藉由動詞的變化來表示的。如此一來，使用助動詞 will 來表示的未來「式」，當然就不是真正的「時態」了。由於沒有所謂的未來形的語尾變化，所以 **will 是徹底的助動詞的表現**。

由於英語中沒有固定表現「未來」的形式（時態），所以利用自己所有的各種表現（助動詞 will 及 be going to 等），來表示未來的事件。這些表現由於一方面承襲自己原有的意思，一方面表示未來，所以即使同樣是在說「未來」，然而其間還是有著微妙差異。讓我們在這裡好好地來精通、熟練未來式所表現的意義吧！這裡提出的未來式如下:

will	John **will** leave Hong Kong tomorrow.
be going to	John **is going to** leave Hong Kong tomorrow.
be ～ ing	John **is leaving** Hong Kong tomorrow.
現在式	John **leaves** Hong Kong tomorrow.

● 助動詞 will 所表現的未來

在我們說明 will 所表現的未來之前，必須先對 will 本來的意義作一個說明，因為 will 所表現的未來當然與它有著深深的關聯。和其他的助動詞 may, must 等一樣， will 主要也有二種意義。

❶ a. [詢問是誰在敲門]
That will be Nancy.
b. [小孩纏著大人撒嬌]
I will go to Paris Disneyland!

❶ a.句表示**「推測」**（一定是南茜吧），❶ b.句表示 **「意志」**（我（一定）要去啦）。不過，像例句這樣表示強烈意志的情形很少，**大部份都表示著幾乎讓你意識不到的輕微意志** 如果譯成「要做～的意思」則嫌太過強硬。

❷ I'll lend you some money.
（我將借你一些錢）[輕微的意志]

擁有這樣意思的助動詞 will，經常被用於表示未來，這也是理所當然的，因為未來的事件，對現在的我們而言，是「推測」、「意志」的事情。

❸ a. It will rain tomorrow.
(明天將下雨) [推測]
b. She will be a good teacher.
(她將會成為一位好老師吧) [推測]
c. All right, I'll do so.
(好吧！我會這麼做的) [輕微的意志]

—— will 所表示的未來 ——
推測（～吧）
意志（做～）

● be going to 所表示的未來

如果 will 是表示「推測」、「意志」，那麼 be going to 可以說是代表著「原因」、「意圖」。而這些意思與 be going to 這個片語的由來並非毫無關聯的。不用說 go 是「去」的意思，而且由於它是進行式，所以是「現在往～去的途中」的意思。這個片語的意義，真的可以從它單字原本的含意中預知。也就是**「現在的某種要素朝向 to 以下的狀況而行」**的意思，這個要素也許是意圖，也許是「原因」；然而是**至少在現在中有著引出未來事件的「種子」**的意思。我們再舉出幾個例子來思考看看吧！

❹ a. He is going to invite Joe to dinner.
(他將（打算）招待喬吃晚餐)
b. There is going to be a tidal wave in a minute!
(海嘯馬上就要來了哦！)
c. I am going to get a fever.
(我（好像）快要發燒了)

I am going to get a fever.

在❹ a.句中我們可以知道現在已經決定了招待喬吃晚餐（有著～意圖）這件事。❹ b.句中，說話者不單只是預料「海嘯」要來這件事，而是他現在感覺到了海嘯的現象。例如，看到海潮明顯地後退，於是預感地說「海嘯就要來了哦！」。同樣地，在❹ c.句中，是因為現在已經感到全身發冷。如以上所述，be going to 表現的是，引發未來事件的要素已經存在於現在之中的現象。

一般的文法書常常有「be going to 用於表示快接近的未來」這樣的解釋。的確，be going to 所表示的未來有比 will 更為接近的傾向。然而，這種接近性與 be going to 本來的意義並無關聯。所以，無論是如何遙遠的未來，只要在「現在」有了「原因」及「意圖」，自然也是能使用 be going to 的。

> ❺ [小學生說]
> I'm going to be a doctor.

當然，使用 be going to 來表現快接近的未來，大多也是緣起於現在的「原因」、「意圖」。總而言之，只要有現在的「原因」、「意圖」，無論是近或遠的未來，都能使用 be going to 來表達。

be going to 意義的說明便到此結束。各位能分辨出例句❻的微妙差異嗎？

> ❻ a. There's going to be a storm.
> b. There will be a storm.

❻ a.句是現在天空已籠罩著能令人預感到暴風雨的烏雲；而相對的，b.句只是一種籠統的推測。

—— be going to 所表示的未來 ——
使用在引發未來的事件之要素（原因、意圖）已在現在出現了的情況中

● be～ing （進行式）所表現的未來

各位大概已經感覺到未來式的表現間，都有些微妙的差異了吧！其實，如果意思完全相同，應該就不會有二個、三個不同的表達方式了。**如果形態不同，意思也有差別**，這點希望所有真心想精通外語的人都能銘記於心。那麼，下一個表現未來的形式 be～ing 有什麼樣的意義呢？我們先從結論來看看吧！

—— 進行式所表示的未來 ——
表示預定、計劃

接著我們來看幾個例句。

❼ a. George is getting married next summer.
（喬治預定明年夏天結婚）
b. We are having chicken for dinner today.
（我們今天的晚餐是雞）
c. He is leaving for London tonight.
（今晚他預定離開去倫敦）

問題來了，你大概會覺得下面的例句怪怪的，那麼到底哪裡有問題呢？

❽ *The cherry blossoms are blooming later tonight.

在性質上，預定及計劃一定要有訂立人的意志在作用著。推想櫻花「今晚將開放」則不同，因為一般而言它是沒有意志作用著的，所以令人覺得奇怪。

那麼，為什麼進行式所表示的是這樣的未來呢？**因為使用進行式時，以英語為母語者一定在腦海中置有某個特定的時點。而且這時點是以「正在做～的途中」的意義來使用著的**。這一個「某時點」如果是在未來，會如何呢？在晚上 8 點，某人說「10 點時我將做～」時，你想這代表什麼呢？我想這應該是這個人意志上的「預定及計劃」吧！

●現在式所表現的未來

在英語裡，也可以只用現在式，而不使用助動詞及複合詞來表現未來。

❾ a. Tomorrow **is** Saturday.
（明天是星期六）
b. My birthday **is** next Sunday.
（我的生日是下星期日）
c. Jane **leaves** for London tomorrow.
（珍明天將離開去倫敦）

我們來看一下譯文。是不是所有的例子都有某種絕對的含意在呢？也就是這樣的事件確實將會來到。一般而言，動詞的現在式代表現在正發生著的事（事實）。

❿ Bill walks to school.
（比爾走路去上學）

因此，如果用現在式來表示未來，也就是表示**「現在已經能**

視為事實來考量的確實未來」。例如，我們將❾ c.的句子與下列例句相比較，你就會了解❾ c.句的預定遠較下列例句確定多了。

⓫ a. Jane is leaving for London tomorrow.
（珍預定明天將離開去倫敦）
b. Jane is going to leave for London tomorrow.
（珍打算明天離開去倫敦）
c. Jane will leave for London tomorrow.
（珍明天將離開去倫敦）

—— 現在式所表示的未來 ——
表示確實的未來

[**總整理**]

表現方式	意　義
will	表示推測及意志
be going to	表示意圖及原因
be～ing	表示預定及計劃
現在式	表示確實的未來

以上，我們將未來式所表現的意義作了詳細的說明。不過，也許有些讀者會沮喪地認為「如果必須記住這些這麼細微的差異，那麼，到什麼時候我才會說英語啊?」其實沒有必要變得這麼神經質。即使你稍微使用了不當的表現方式，你的意思還是能傳達。只是請你試著用點心來使用它，這樣應該可以漸漸自然地學會。

練 習

以下的情況，應該使用什麼樣的表現方式比較好呢？

1. You are really looking forward to going on a picnic with your family this afternoon, but you can see many black clouds gathering in the sky.
   You say:
   a. It will rain soon.
   b. It's going to rain.
2. John has to take a very difficult examination in order to get into a top company.
   He tells his parents:
   a. I'm going to pass.
   b. I will pass!
3. Dave and Karen have just completed their marriage arrangements.
   They announce to their friends:
   a. We'll go to Tahiti for our honeymoon.
   b. We're going to Tahiti for our honeymoon.
   c. We go to Tahiti for our honeymoon.
4. Mary gives a "hint" to her boyfriend, hoping to get a beautiful birthday present!
   She says to him:
   a. My birthday is next Saturday.
   b. My birthday will be next Saturday.
   c. My birthday is going to be next Saturday.
5. Sheron is having a good time at her friend Tom's engagement

party.

She asks Tom:

a. By the way, when will you get married?

b. By the way, when are you going to get married?

（答案在 128 頁）

§3 現在時態的使用方法

在本節，我們將介紹一般大家都不太熟悉的現在時態的使用方法。如果你對現在時態尚有不了解的地方，那麼這一節會讓你有意外的收穫哦！雖然我們僅介紹現在時態，但是對於過去時態也請作同樣的思考。

現在時態表現包含現在時點的事件及狀態。如果能掌握下圖所示的三種使用方法，大致上就可以了。

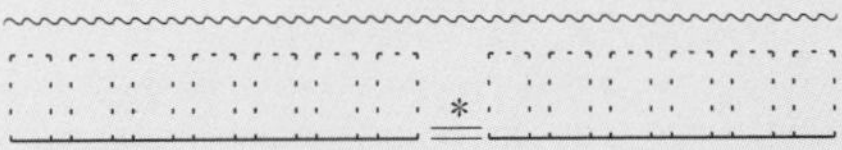

~~~~~~：包含現在時點（*），在一定期間內形成的狀態

----：包含現在時點（*），反覆發生的事件

══：只在現在時點（*）上，正發生的事件

● 包含現在時點，在一定期間中形成的狀態

❶ a. I live in New York.
（我現在住在紐約）
b. John knows three languages.
（約翰懂三國語言）
c. Dogs have a tail.
（狗有尾巴）
d. No news is good news.
~~~~~~

（沒有消息便是好消息）

e. Quadratic equations never have more than two solutions.

（二次方程式不會有二個以上的解）

f. The earth is round.

（地球是圓的）

上面的每個句子都是描述一定期間中成立的事。如 c～f 句一般的諺語及數學上的真理等，描述著一**直都成立的事**），也是使用現在時態。

● 包含現在時點，反覆發生的事件

❷ a. I walk to school.

（我走路去學校）

b. I have a light breakfast these days.

（這幾天我都吃簡單的早餐）

像這樣，描述反覆發生的事件（習慣），也是用現在時態。

● 只在現在時點上，正在發生的事件

過去時態沒有這個用法。這是**將眼前發生的狀況同時以言語說明**時使用的現在時態，常見於運動比賽的實況轉播及魔術師的現場表演中，是比較特殊的用法。

❸ a. Watch out! Here **comes** the boss!

（小心，老闆來了）

b. Here **comes** the bus!

（公車來了）

c. Look. I **place** this card under the handkerchief...
（看，我把這張卡片放在手帕的下面……）

d. A: Oh, God! I've no idea how to set the timer on this video!

B: Look. First you **push** this button and you **select** the channel number. Then you **press** this button and you **enter** the starting time... Piece of cake!

（A: 哦！天啊！我不知道如何設定錄影機的時間。

B: 你看！首先你按這個鍵，選擇頻道；然後按這個鍵再輸入開始時間……，就是這麼簡單。）

Piece of cake !

§4 假設法

談到假設法，似乎很多人覺得這是很難的文法；大概是高中英語課的那些痛苦記憶使你有這種想法的吧！其實我也被逼著去死記過。不過，要精通假設法，難道真的必須將背誦的馬力扭開至最大嗎？事實絕非如此！以英語為母語者在創設假設法時所用的規則，是非常單純的。它的基本結構大概花不到 30 分鐘便能精通了，那麼，開始吧！

● 假設法的意義

首先，我們從思考假設法的意義開始吧！雖然因情況的不同，有的是假設完全脫離現實的事時使用，有的意思與普通的 if 沒有什麼差別，但是**基本上它們都是反事實的。也就是它們所表現的是與事實相反的事或發生的可能性極低的事。**

❶ If I **were** a bird, I **would peck** holes in his head.
（如果我是鳥，我會在他頭上開個洞）

那麼，請思考下列句子意義的不同處。b.句是假設法的句子。如果翻譯成中文，兩句好像都可翻成「如果你來參加這個宴會，你將會有美好的時光」。

❷ a. If you come to the party, you'll have a great time.
b. If you **came** to the party, you'**d** have a great time.

但是，a.句只是單純地敘述「如果你來」，除此之外就沒有其他的意思了。然而 b.句呢？由於它使用了假設法，所以我們能感到「大概不會來吧」的氣氛。也就是說話者認為可能性極低。那麼我們再來看看下面的例句。

❸ a. If you marry me, I'll be so happy.
b. If you **married** me, I'**d** be so happy.

由於 b. 句用的是假設法，所以心情上是「大概不會跟我結婚吧！」現在感覺出來了吧！也許你會覺得厭煩，不過我們還是再作個練習。

❹ a. John talks to her as if he is her boss.
b. John talks to her as if he **was** her boss.

兩句的翻譯雖然都是「約翰像老闆般地跟她說話」，然而下面一句是假設語氣。是的，下面這句含有「雖然實際上並不是老闆」的意思。上面一句對約翰是不是老闆則完全沒有描述。最後再看一個例句。

❺ a. They act as if they're best friends.
b. They act as if they **were** best friends.

你能聽出 b. 句中「雖然不是朋友」的隱含意義嗎？

—— 假設法的意義 ——

表現與事實相反的事（在現實中沒有發生過、沒有發生的事），或是可能性極低的事

● 假設句的寫作方法

接著我們將說明如何使用假設句。規則其實非常單純。

—— 假設句的寫作方法 ——

使平常的時態逆向變換 (back shift)

什麼是逆向變換呢？就是「時態往過去的方向挪移」。這個規則也用於時態的一致上，請好好記住。

我們試著來使用逆向變換看看。

❻ I study English.
I studied English.　[從現在移動往過去]
I had studied English.　[從過去移動往過去完成]

那麼我們趕快試著造個假設句吧！

❼ a. If you **are** willing to help your wife, you **will make** her happy.
（如果你能誠心地幫助你太太，你會使她幸福的）

我們試著將這句改寫為假設句，也就是使它變成「雖然實際上並不是這樣……」的與現實相反的句子。請仔細觀察它逆向變換的過程。

If you **are** willing..., you **will make** her happy.

⇩逆向變換　　　　⇩逆向變換

were　　　　**would make**

這樣就完成了。

❼ b. If you **were** willing to help your wife, you **would make** her happy.

如果我們將❼的例句再作一次逆向變換，**便表示對過去事件的假設**。也就是變成「雖然過去實際上並非如此，但是**如果有幫她**，大概就能使她幸福吧」的意思。

If you **were** willing..., you **would make** her happy.

⇩逆向變換 ⇩逆向變換

had been **would have made**

這樣就完成了。

> ❼ c. If you **had been** willing to help your wife, you **would have** made her happy.

這時必須注意的是 would make 的逆向變換。當然過去助動詞的 would 也必須逆向變換。不過它不能像普通的動詞般使用過去完成式 (* had would), 因為英語中助動詞沒有這種用法。雖然在這裡我們使用了 would have 的形態, 然而這個 have, 也並不是只用於假設法上。

> ❽ a. John may **have** bought a Benz.
> （約翰也許（過去）買過一輛賓士汽車）
> b. John seems to **have** bought a Benz
> （約翰（過去）好像買過一輛賓士汽車）

從❽a.–b.的句子我們可以了解, 接續於 have 後的內容的時態, 有往過去挪移的現象。就是因為這個 have 的助力, 才使 would 逆向變換成 would have。

如上所述, 根據「逆向變換」這個非常單純的規則, 我們即可造出假設句。順便地, 請將這二個例句的句型,

(If...,) ...**would** (**have**)...

(如果～) （大概～）

深植你的腦海中, 因為 would (have) 這個形態是假設法的典型用法。如前所述, 假設法是假設與現實相反的狀況, 而且, 其中

帶有「大概～」的推測語氣。由於表現推測的助動詞是用 will，所以 would (have) 形態的經常使用也是理所當然的事了。

當然，不止是 will，其他的助動詞也能形成假設法。不單只有「大概～」，根據情形的不同，也能使用 can「雖然（過去）能～」及 may「也許～但～」等來構成假設法。對於這些助動詞，請像 would (have) 般進行逆向變換，也就是變成 could (have), might (have)... 的形態。

最後，我們來思考常被使用的另一種假設法 I wish...(我希望～)。由於 wish 也可表示現實中不可能（一點發生的跡象都沒有）的願望，所以能將它歸類於假設法。當然它也使用逆向變換。

❾ I have two eyes.
⇩逆向變換
I wish I **had** two eyes.
（我希望我有兩個眼睛）

● 沒有 if 子句的假設法

假設法有絕大部份的情況是沒有伴隨著 if 子句的。這是因為被假設的事過於明顯，一看就知，所以省略了 if 子句。在閱讀這樣的句子時，必須先知道這句所要假設的是什麼。只有這一項不是一朝一夕可以學會的，必須靠各位每天閱讀來鍛鍊。

那麼，請閱讀下面的句子，思考它們所假設的是什麼。

⑩ Given more time, I might have succeeded.
⑪ In his place, I wouldn't have told Mary such a thing.
⑫ I don't know about it, otherwise I would have told you.

很難哦！但是，隨著閱讀英文機會的增加，自然會逐漸理解。請不要灰心，繼續加油吧！⑩ 是「如果有更多的時間」，⑪ 是「如果我站在他的立場」，⑫ 中，假設的含意籠罩著 otherwise，是表示「如果知道的話～」的意思。

假設法中，用 were 比用 was 較佳。基本上，它還是利用時態逆向變換、這個非常單純的規則。只要你紮實地掌握住這個原則，然後逐漸習慣它就行了。

練　習

請將下列句子改成與事實相反。

a. If she caught the 10 o'clock train, she'll arrive on time.
b. If I find a job quickly, I'll be delighted.
c. If you kiss me, I'll scream.

（答案在 129 頁）

§5 時態的一致

「時態的一致」對我們而言，是用法困難的項目之一。因為我們的語言沒有這種表達方式。例如我們說：

> ❶ a. 湯姆說「25 日我要去倫敦」
> b. 湯姆說 25 日要去倫敦

畫線部分的動詞完全沒有時態的變化。但是英語則不同，我們試著將❶譯成英語。

> ❷ a. Tom said, "I will leave for London on the 25th."
> b. Tom said that he would leave for London on the 25th.

像這樣，整句的主動詞為過去式時，就必須改變附屬子句 (that 以下) 的時態。請牢記以下的規定。

> ——時態的一致——
> 主要子句為過去式時，將附屬子句的時態往前逆向變換 1 個時態

「逆向變換」與假設法時相同，是「往過去挪移」的意思。你也許會覺得厭煩，不過還是再讓你看一次那個解釋圖吧！

請看下面的例句。❸的附屬子句時態在❹中被逆向變換了。

❸ a. John said, "I am happy."
b. John said, "I will marry her."
c. John said, "I loved her."
❹ a. John said that he **was** happy.
b. John said that he **would** marry her.
c. John said that he **had loved** her.

我們覺得有點麻煩的這個規則，對以英語為母語者是很自然的，幾乎是在無意識中脫口而出的。也就是**只要沒有特別的事情，時態的一致是自動地（無意識地）進行著**。

到這裡，時態一致的基本觀念將告一段落。不過，還有項後續說明要附贈給讀者，那就是**時態的一致中也有例外的情形**。那麼，我們現在就進入這個主題。

我手邊的文法書，將它的例外作了如下的「分類」。

[**時態一致的例外**]

❺ 不變的真理
a. John said that the earth **is** round.
（約翰說地球是圓的）
b. John said that Italy **is** shaped like a boot.
（約翰說義大利的形狀像一隻靴子）
❻ 現在仍持續的習慣、事實
a. John said that he **walks** to school every day.
（約翰說他每天走路到學校）
b. John said that he **lives** in London.
（約翰說他住在倫敦）

❼ 歷史上的事件

a. We were taught that Columbus **discovered** America in 1492.

（我們被教導：哥倫布於 1492 年發現美洲大陸）

b. I didn't know that Nietzdche **was** born in the 19th century.

（我不知道尼采是生於 19 世紀）

❽ 假設法

a. She said "I would fly to Tom, if I could."

（她說：「如果我能的話，我會飛奔向湯姆」）

b. She said that she **would** fly to Tom if she **could**.

懇切地請各位不要去死背這些「分類」。因為我們將告訴你其中非常自然的理由。

❽ 的假設法為什麼是例外，因為假設法本身就與普通的時態完全不同。❼ 的例外也是理所當然的。讓我們來想想過去完成式的使用方法。過去完成式是為了「明確地敘述某個事件在過去某時點之前，發生了什麼狀況」而使用的。例如，哥倫布「發現」美洲大陸及尼采誕生二個事件，明顯地都比主要子句的動詞發生得還要早（也就是過去發生的事）。因此，不需要利用時態的一致來規範它。

那麼，❺、❻ 的例外又當如何解釋呢？❺、❻ 的共通點是，說話者**自己知道有關附屬子句所描述的事件，現在仍然成立著**。請試著思考下面的例句吧！

❾ a. John said, "Bill will leave here on the 25th."
（約翰說：「比爾 25 日將離開這裡」）
b. John said that Bill would leave here on the 25th.
c. John said that Bill will leave here on the 25th.

❾ a.句是說話者沒有意識到什麼的情況而說出的，❾ b.句也一樣，不過因為有 that 子句，所以採用了時態的一致。但是，如果說話者對於 Bill will leave here on the 25th. 這個內容，意識到「現在仍然成立」時，又會如何呢？例如，假設說出這句話是在 24 日，這種情形下，比爾的離開是未來的事，我們就說 Bill will leave here on the 25th. 這樣原封不動地成立。如果有這樣的意識作用時，就不會發生時態的一致，所以動詞仍保有現在式的形態（❾ c.句）

「不變的真理」及「現在仍持續的習慣、事實」兩項分類背後的真正理由，在**「現在仍成立」這個說話者的意識**上。相反的，**在沒有這種意識的情況下，即使是看起來客觀「不變的真理」。或是「現在仍持續著的習慣、事實」，仍要用到時態的一致。**

我們來看看下面的例子。

❿ A: My name is Kent ...
（我名叫肯特）
B: [反問] What did you say your name was?
（啊！你說什麼……）
⓫ I didn't know you **were** a student of this college.
（我不知道你是這所大學的學生）

that 子句的內容，都是「現在仍持續的事實」。名字沒有經常變更的道理；而明顯地，you 一直到現在也都是這所大學的學生。但是，由於說話者並沒有這樣的意識（因為「現在也還是這裡的學生」、「現在也還是叫作肯特」的意義在上下文中完全不重要），所以自動地使用了時態的一致。

⑫ a. You know, the ancient Egyptians were very smart. They had an excellent system of writing, built huge pyramids... They even knew that the earth **was** round.
（你知道嗎，古代的埃及人非常聰明。他們有卓越的書寫符號，而且建造了巨大的金字塔……他們甚至知道地球是圓的）

b. Before coming here Robert knew nothing about Taiwan. He didn't even know it **was** an island!
（羅伯來這裡之前，對臺灣毫無所悉，他甚至不知道它是一個島！）

的確， the earth is round, it (Taiwan) is an island 都是客觀上「不變的真理」吧！但是在例句中的上下文，說話者並沒有它現在仍成立的意識，因此產生了時態的一致。

談到這裡，我們來做一個歸納吧！你已經沒有必要去背誦什麼「不變的真理」、「現在仍持續的習慣、事實」了。你只要將下述原則輸入腦中就可以了。

——時態的一致——

時態的一致是，只要沒有特別的事情，即自動的（無意識）進行著。

→意識著現在仍持續成立的事時，就不使用時態的一致

如果你學會了這個原則，接下來要做的只有練習了。那麼最

後，我們來試試看你是否已經學會了以英語為母語者般的語感。從下面的例句，你除了字面的意義「珍說她的前夫有一口美麗的牙齒」外，還看出什麼了嗎？

⓭ Jane said that her ex-husband has beautiful teeth.

是的，由於時態並不一致，所以它是現在仍成立的事。你可以說他現在的牙齒仍然很美……是的，你也可以推論說他們現在仍常見面哪！

練　習

請注意時態的一致，一面思考哪個時態比較適合上下文。

1. After seeing Graf's play, they admitted that she **was/is** the best tennis-player in the country.
2. How could you call that baby ugly, right in front of the parents? Didn't you know that it **was/is** their baby?
3. You know I'm so stupid! I knew that the earth **was/is** bigger than the moon, but in the test I answered that it **was/is** smaller!

（答案在 129 頁）

§6 時態的偏離

啊！長長的這一章只剩最後了，再加把勁吧！這最後的一節，讓我們輕鬆地瀏覽過去吧！

各位是否曾在國中、高中學習過稱為「歷史的現在」這種現在時態的用法呢？也就是「現在時態中有所謂歷史的現在的用法，它具有栩栩如生地描寫過去事情的作用」。想想看，這真的是一個非常奇妙的用法。現在時態應該是表現「現在」的，為什麼能表現「過去」呢？在這裡，我們將為你揭開「時態的偏離」這個神祕面紗。

❶ The painter says to Mona Lisa, "You are not real."
（畫家對蒙娜麗莎說：「妳是想像中的人物」）

在上面的例句中，可以使用現在時態來敘述「過去」的事情。不過，並不是只有有名的歷史事件才能使用現在時態來敘述。使用現在時態描述完全不是「歷史的」、普通的事件也是常有的。

❷ a. [一面談著昨天的事件]
Mother **comes** into my room and says, "Study hard."
（媽媽走進我的房間說：「用功讀書」）

b. "You won't believe what Bob did! He **walks** straight up to this gorgeous girl and **asks** her

for a date. Unbelievable!"
"What did she do?"
"Well, she **stares** at him for a moment, then **slaps** his face and **walks** out!"
(「你不會相信鮑伯做了什麼！他直直地走向這個美麗的女孩，請求她與他約會。真令人難以相信哪！」
「那麼她怎麼回答呢？」
「呃，她注視了他一下，打了他一巴掌，然後轉身離去。」)

看完這些例子，也許有人會想「是啊！就像學校老師所說的，現在時態也能表現『過去的事件』哪」。真的是這樣嗎？這是不正確的。明智的各位讀者，你大概了解，如果真是這樣，英語時態的系統就變得亂無章法了。時態僅有下述這個「當然的法則」而已。

現在時態表現的一直都是「現在」，過去時態表現的一直都是「過去」

那麼為什麼上述例句中，看起來好像用現在時態來表現「過去」呢？

實際上，時態所表現的所謂的「現在」，並不是表示物理上的現在時點。**說話者自己認為「現在」的時點才是現在。** ❶ 的例句中，畫家說話的時點牽動了說話者的情緒，對說話者而言，這才是「現在」。所以，絕對不是以現在式表現過去的事件。追根究底來看，它是對說話者而言的「現在事件」。如果在過去的事件上使用了現在時態，這就告訴了我們這個過去的時點對說話者而言是「現在」，也就是說話者的情緒被牽動到這裡。因此，描寫才能夠「栩栩如生」。

這種時態的偏離，並不是現在時態的專利。

❸ a. Man successfully **landed** on Mars **in the year 2050**.
（人類於 2050 年成功地登陸了火星）
b. According to the strange alien, the earth **was** destroyed **in the year 3002.**
（地球於 3002 年被外星人毀滅）

這是非常典型常見於小說等中的例子，說話者站在所有事件均結束後的某一未來時點上（例如西元 4000 年），藉由倒敘的方式來描述這些事件。因此，即使是物理上遙遠的未來的事件，也可以使用過去時態。

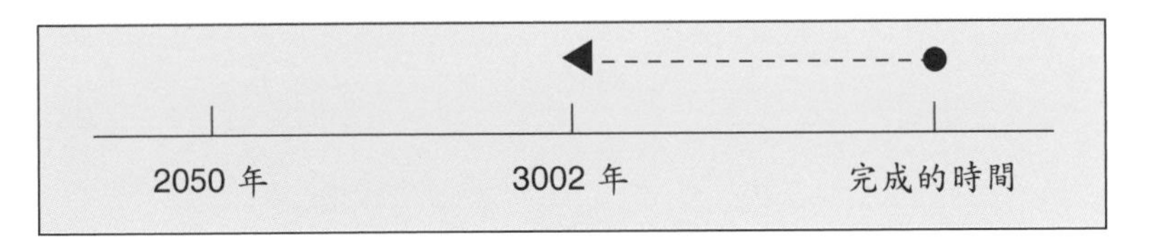

到這裡，請忘記「歷史的現在」等奇怪的用法吧！因為，現在時態追根究底還是表示現在，而過去時態也只能表示過去。只是，這個「現在」是根據說者心理上的游移而有所不同。

第 VI 章

學習進行式與完成式

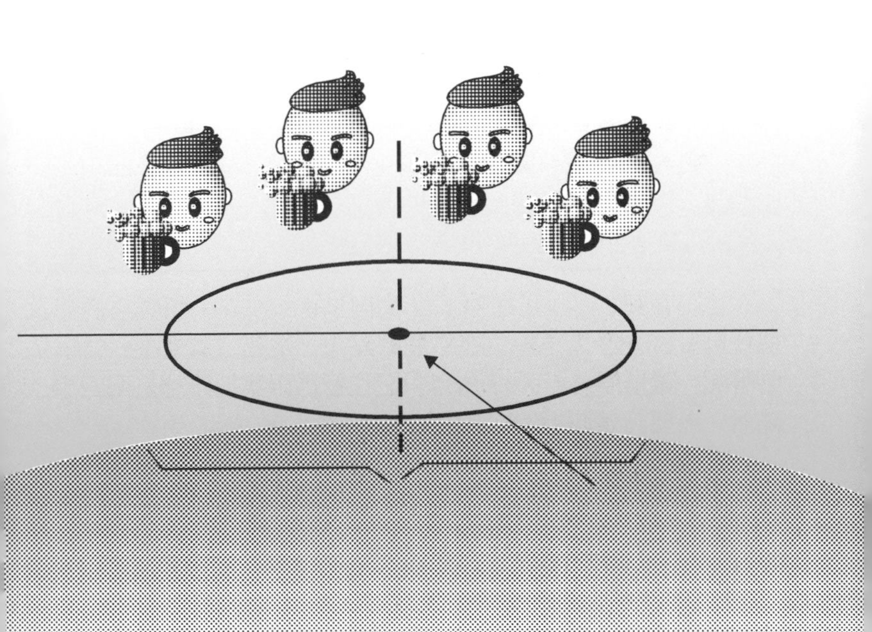

對於時態的說明，你覺得如何呢？如果能充分地理解，那麼你已經具備了相當的文法能力，剩下的就只有實際地去閱讀文章了。比起以前，你應該已經了解了很多文法間的微妙差異吧！

然而，英語表現「時間」的方式並不只有時態而已。本章介紹的是時態以外，表現時間的方式——進行式與完成式。讓我們直接進入以英語為母語者他們的感覺中吧！

首先介紹進行式。

§1 進行式

● 進行式的基礎

在國中、高中，你是如何學習進行式的呢？是不是只去記住它翻譯過來的意思呢？也就是「正在做著～」、「正在～的時候」的意思，這樣是不行的。因為只記住它的意思並不代表能掌握它的語感。例如，下面的例句，你能正確掌握它的意義嗎？

❶ a. John was dying.
b. The bus was stopping.
c. John is living in New York.

「正在死」、「正在停」、「正住在～」……到底它們想說些什麼？真是令人不解。在這個時點上，是死，還是生？公車是動著呢？還是停著？……所以只記住意思跟掌握語感是兩回事。然而，重要的是語感。

請看下面的例句：

❷ a. John lives in Paris.
　b. John is living in Paris.
❸ a. I walk to school.
　b. I am walking to school.

❷ 的兩個句子，意思都是「約翰（現在）住在巴黎」，但是以英語為母語者感覺上卻有些微的差距。b.句比 a.句有更暫時的感覺。a.句令人有從以前便一直住在這裡，而且還會再住一段時間的感覺；而 b.句則令人感覺這是暫住的地方。那麼❸ 的例句呢？ a.句是一直都走路去學校， b.句則不是如此。 b.句是指現在正走路去學校這件事，終究是將焦點放在包含現在的短暫期間上。

在這裡，進行式的重要意思就浮現出來了。也就是**敘述比較短的期間中所發生的事**。

進行式還有另外一個重要的意義。

❹ a. John is drawing a circle.
　（約翰正在畫一個圓）
　b. John drew a circle.
　（約翰畫了一個圓）

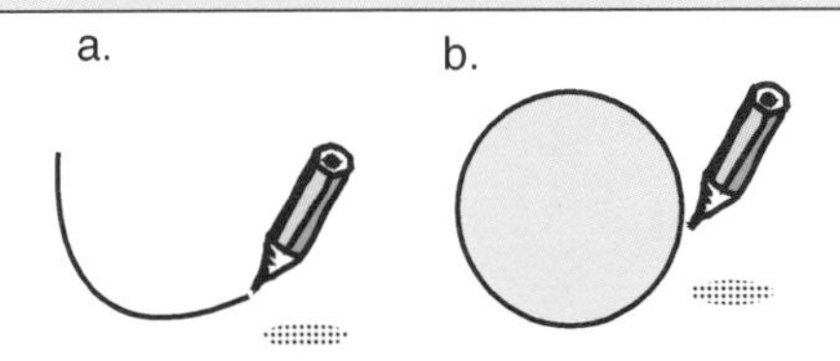

它含有這一**事件並未終了**的意思。❹ b.的句子表示圓已經畫完成了，而進行式的❹ a.句表示畫到一半，圓尚未形成的意思。

讓我們來作一個總結。進行式的意義可利用下圖來歸納，這是進行式的基礎，請牢牢地記住。

❺ He is drinking a bottle of beer.

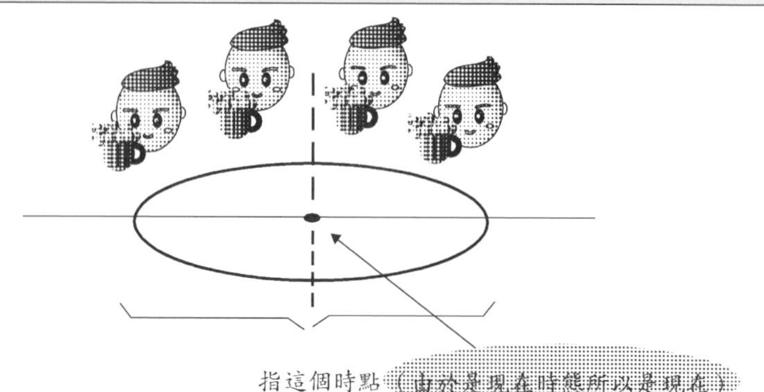

總而言之，**是比較短的期間內發生的事件，而且正在途中**的意思。

在此，請利用這個圖仔細地思考❶例句的意思。

a. John was dying. b. The bus was stopping.

die, stop 都表示事件。也就是由「生」走向「死」，由「動」而至「靜」的事件。我們以下圖來表示。

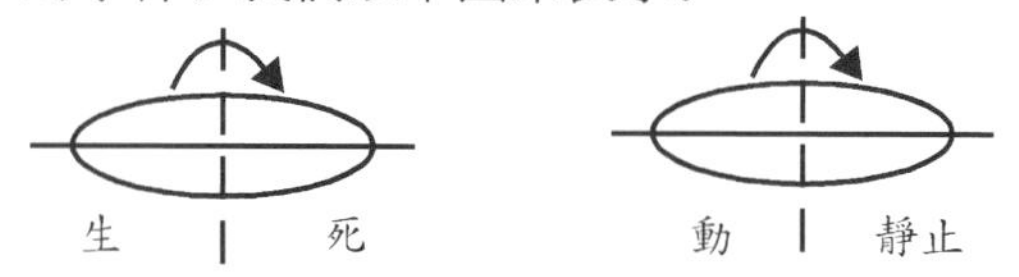

句子表示的是這事件的途中。由於是途中，所以並不是表示已經「死亡」、「靜止」，而是由生至死、由動至靜的途中，也

就是「快要死了」、「快要停了」的意思。

進行式的基礎就介紹到這裡，接下來讓我們試著更往母語為英語者他們的語感邁進一步。

> ❻ a. John died.
> b. The bus stopped.

● 表示事件的進行式

為了更正確地使用進行式，還有一個重要的關鍵點。

> ❼ a. *He is having a car.
> （他有一部車）〔正確是has〕
> b. *He is owning a car.
> （他擁有一部車）〔正確是 owns〕
> c. *John is being tired.
> （約翰正疲倦著）〔正確是 is tired〕

❼ 的例句中，* 記號所表示的是不正確的句子。意思有點奇怪，為什麼呢？是因為：

> ── 進行式的原則 ──
> 進行式是敘述事件的

有這麼一個原則的緣故。 have, own, be 是有、擁有、是～的意思，**只是單純的狀態，並不是伴隨著何種行為發生的事件。所以像這種情形是不能使用進行式的。**

我們再來看看幾個例句吧！

❽ a. *He was hearing a song.
b. He was listening to a song.
❾ a. *He was seeing the dog.
b. He was looking at the dog.
❿ a. *He was believing Mary was mad.
b. He believed Mary was mad.

a.句均不適合用進行式。為什麼呢?因為**事件性極低**。如你所知道的 hear 與 listen to 有「(沒有意識地)能聽到」和「(傾耳)聽」的微妙差異。「在沒有意識下突然跑入耳中」,這與「踢」、「下雨」等典型地表現事件的動詞相比,就令人感覺不太出來它的事件味了。

see 與 look at 也是一樣。「映入眼簾」(see) 與「將視線投向~」(look at) 般積極的行為有著程度上的不同,令人感覺不出它的事件性。

❿ 的 believe 是抱持著信念的狀態,感覺不太到事件性。

下一句的 think,一般而言是表示「持有著~想法」的狀態,也不能轉化為進行式。

⓫ *I was thinking the movie was good.
(我認為這部電影不錯)〔正確是 thought〕

但是,即使是相同的 think,如果意思是「使用頭腦來思考」(=consider) 那會如何呢?由於是積極地使用頭腦來思考,便變成有些類似「事件」了。

⓬ *I was thinking we could go to a movie tonight.
(我正考慮,今晚我們是不是能去看場電影)

在這種情形下，由於是事件，所以可以使用進行式，很微妙吧！但是我相信你可以掌握一點頭緒了。我們再試著看看幾個更微妙的例句。

⓭ a. I'm tasting the soup to see if it's spicy enough.
(我正嚐這湯，看看它香料是否加夠了)
b. * I'm tasting the spices in the soup.
(我正嚐出這湯有香料的味道)

⓮ a. I was smelling the flowers.
(我正聞著花的香味)
b. * I was smelling gas in the kitchen.
(我正聞到廚房有瓦斯味)

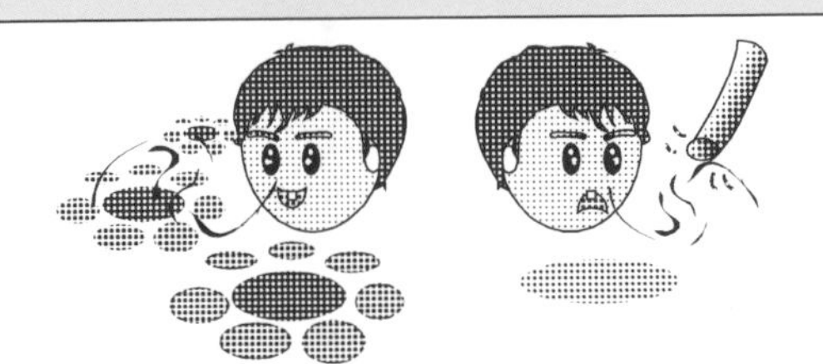

I was smelling...　　I could smelling...

怎麼樣呢！即使是相同的動詞，「嚐」、「聞」等表示事件時便符合使用進行式的條件，而 b.句由於**是由對象物所引的感覺，事件性極低，所以不符合進行式的使用條件**。因此，如果將 b. 句改成 can taste, could smell 就很自然了。

各位是否理解了進行式是表現事件的用法其中的奧妙了呢？！

語言是活的，所以掌握翻譯上無法譯出的真正含意才是要務。

§2 完成式

$\begin{Bmatrix} \text{I} \\ \text{He} \end{Bmatrix} \begin{Bmatrix} \text{have} \\ \text{has} \end{Bmatrix}$ finished my homework.
have + 過去分詞
（依據時態，與其他動詞作同樣的變化）

完成式對我們而言，是非常難理解的文法之一。單只背誦「做完了～」等意思，或是只死記「完成式的四個用法」，是無法真正理解完成式的。

在這裡，我們先將焦點凝聚在現在完成式（have + 過去分詞）上來思考。如果能掌握現在完成式，那麼學習起過去完成式（had + 過去分詞）及未來完成式（will have had + 過去分詞）也就不會那麼辛苦了。

● 現在完成式的基本概念

在進入現在完成式的基本概念之前，請試著思考下列例句是否正確，或是有些奇怪？

❶ a. J. F. K. has been assassinated.
b. When have you been born?
c. I have eaten a lot of candy when I was a child.
d. Have you seen the movie on TV last night?
e. What time have you got up this morning?

❶ 全部都是意思奇怪的句子。怎麼樣啊！學校英文文法的項目中，有一項「明確地表示過去的表現，不會出現在現在完成式

的句子中」的規則。如果遵從這個規則，c.～e. 句是否算違反規則呢？這樣的「規則」，以英語為母語者當然沒有去背誦的道理。這些句子所以變得奇怪，原因在於現在完成這個形式所持有的意義上。

那麼，現在完成到底有著什麼樣的意義呢？首先，我們從國中的初級觀念開始複習吧！

① **完成與結果**（指動作已經完成，並暗示其結果）

a. The taxi has arrived.
（計程車已經到了）〔所以計程車現在在這裏〕
b. She has been given a car.
（她已經獲贈了一輛車）〔因此現在她擁有一輛車〕
c. I've finished my homework.
（我已經作完了我的家庭作業）〔因此現在自由了〕

② **經驗**（到現在為止的經驗）

a. Have you been to Paris?
（你曾經去過巴黎嗎）
b. Susan really loves that movie. She's seen it eight times.
（蘇珊真的喜歡這部電影，她已經看過八次了）
c. Have you ever eaten caviar?
（你曾經吃過魚子醬嗎）

③ **繼續**（從過去一直到現在的持續狀況）

a. I haven't seen you since our graduation.
（自從我們畢業後，我就不曾再見過你）
b. Claudia has the same boyfriend for 8 months—It's a

record !!

（克勞蒂亞和同一個男朋友交往了八個月——真是破記錄了!!）

c. Oh, I give up. I've always had problems with machines.

（哦！我放棄。我總是對機器感到棘手）

④接近現在的過去（剛剛發生的事）

a. Have you seen the new Spielberg movie?

（你看了史匹柏最新的電影了嗎）

b. Great news! I've just won the lottery?

（大新聞！我剛贏了樂透）

c. Anna has just come back from the bank, so maybe she can lend you some money!

（安娜剛從銀行回來，所以也許她能借你一些錢）

再次看過國中時所學的現在完成式的四種用法，我們發現其中包含的意味太過混雜，也許思慮敏銳的人還能察覺這四個用法有互相矛盾的地方。請試著思考看看：①的完成式是表示動作已經完成的用法；但另一方面，③的繼續，卻是動作及狀況至今仍未終止地持續著的用法。明顯地互相矛盾，是不是？那麼現在完成式的形態是否就是包含了幾個相互矛盾的意義呢？並非如此。**現在完成的意義只有一個，這些複雜的「用法」都是溶入這個唯一的用法之中而已。**為了精通現在完成式，最重要的並不是照本宣科地去背誦這幾個「用法」，而是去掌握它這個唯一的意義。

——現在完成式的意義——

使用現在完成式時（即使是敘述過去的事），說話者要將焦點放在現在

過去式雖然是描述過去已經完成的事物的形態，然而**現在完成式是一面取出過去的事件，一面連繫現在說話者的形態**。因此，在使用現在完成式時，**過去的事件經常與現在有某些密切的關係**。上述①的完成與結果，並不單指行為的完成，也意味這過去的行為**對現在造成的影響**；②的經驗是，一面敘述過去的事件，一面表示**現在有這樣的經驗**；③的繼續，表示這不是終止於過去的事件，而是**現在仍處於這樣的狀況中**。所以，現在完成式是經常將焦點放在現在的形態。

另外，由於現在完成式是將焦點放在現在，所以比使用過去式的情況更具有臨近感。例如:

> ❷ a. Have you heard from George?
> （你有喬治的消息嗎？）

這個句子，即使加上了 recently（最近）這個字，意思也幾乎完全一樣，所以現在完成式讓你感到好像就在眼前。同樣的:

> ❷ b. Have you seen my children around here.
> （你在這裡曾看到過我的小孩嗎）

看到這個句子，你大概眼前會浮現這個詢問著「剛剛才在這裡玩的小孩到哪裡去了」的母親的身影吧！

現在完成是將焦點放在現在，這點請牢牢記住。那麼下列的例句中，哪一句的意思才合理？

❸ [對來遊玩的朋友說]
Sorry, I can't go with you, because
{a. I broke my leg.
 b. I've broken my leg.

請不要在腦中考慮「是完成呢？是經驗呢？還是……」。請只思考**現在完成是注視著現在」**的原則。與其說「因為（過去）摔斷了腿，所以不能跟你去」，還不如說「因為摔斷了腿，（現在）不能走路，所以不能去」來得恰當些，是不是呢?! 因此，答案是 b.。

現在完成式的基礎，到這裡已經充分地建構起來了。那麼，我們再回到最初的問題吧！為什麼下列的句子都有些奇怪呢？

❶ a. *J. F. K. has been assassinated.
b. *When have you been born?
c. *I have eaten a lot of candy when I was a child.
d. *Have you seen the movie on TV last night?
e. *What time have you got up this morning?

因為現在完成式必須將焦點放在現在，所以與現在沒有關聯的事件，不能以現在完成式來表現。已故的美國總統甘迺迪被暗殺的事件，與現在 (1997年) 有什麼樣的關聯呢？「孩提時代」敘述的雖是過去的事件，這樣能使用將焦點放在現在的過去完成式嗎？ what time 這句，雖然是詢問著過去事件發生的時間，然而就內容來看，能將焦點放在現在嗎？❶ 的所有例句所以奇怪，是因為敘述著與現在毫無關聯的過去事件，卻使用了將焦點放在現在的現在完成式。

如果能這樣思考，當然結論就是，各位沒有必要去死背「現在完成式與明確表示過去的表現不能共存」這個「規則」。

● 與現在產生關聯的方式

如前所述，在現在完成式的句子中，過去的事件經常以某種形態與現在連繫著。但是，每個句子的情況不同，而它們又各以什麼樣的方式相互關聯著呢？關於這點，只有從句中談話的情況及內容來類推了，可以說並沒有什麼捷徑。雖然如此，說話者也必須用心地將自己的情緒、意思傳達出來，所以應該不會有類似下面例句般毫無道理的含意出現：

> ❹ I've taken a bath.
> （我已經洗過澡了）〔所以現在想去打保齡球〕

只要我們掌握住**「現在完成 ＝將焦點放在現在」**的原則，以後再以常識來判斷就可以。

但是，關於與現在相關聯的方式，也並不是說除了常識的判斷外，完全都沒有線索。一個很大的線索是 since 1994, never, just, already 等語詞。實際上，現在完成式常伴隨著這些語詞來使用。從反面來說，說話者可以清楚地根據這些語詞，設定出它與過去事件的關聯內容。所以句中如果有

since（從～一直～）
for（經過～時間），

聽者應該就很容易了解，這是「現在仍然持續著」的意思。同樣的，如果出現 never（決不～、從未曾～），ever（曾經），就是在訴說著「過去直到現在的經驗」；另外，already，yet（已經）等語詞的出現，可以讓我們清楚地知道是表示「終了了」的意思。現在完成式的理論其實並沒有那麼困難，只要你了解「現在完成 ＝將焦點放在現在」就可以了。

● 現在完成式與過去式

各位，我們已經做過了相當充分的熱身運動，那麼就維持著這種熱度去尋求母語為英語者的語感與音調吧！以下我們試著列出幾個現在完成式與過去式的句子，你大概可以分辨出它們之間的微妙差異吧！

❺ a. They've been married for 15 years.
b. They were married for 15 years.
❻ a. John has lived in Paris all his life.
b. John lived in Paris all his life.
❼ a. Mike has drunk too much beer.
b. Mike drank too much beer.

❺ a.句是即使現在也仍結著婚（婚姻狀態持續著）。相對的，過去式的❺ b.句是「結婚了十五年（期間）」，現在也許已經離婚了。❻ a.句是「一生都住在巴黎（現在仍繼續住著）」，❻ b.句則是「終其一生都住在巴黎」，所以表示已經死了。❼ a.句是現在仍在喝著，❼ b.句是已經喝完了，現在也許正在大吐特吐呢?!

下面的例句，讓我們再次來測驗這種微妙的語感。❽ 的句子中，哪一句令人感到不太自然呢？

❽ a. Princeton has been visited by Einstein.
b. Einstein has visited Princeton.
c. Einstein has contributed a lot to my thinking.

無法清楚地看出現在完成式的「與現在的關聯」者，是哪一句呢？ a.句是「普林斯頓大學曾經被愛因斯坦訪問過」的意思，普林斯頓大學現在仍存在著，而這所大學擁有著過去愛因斯坦曾來訪的經驗，然而 b.句的「愛因斯坦曾經訪問過普林斯頓大學」又如何呢？由於主詞的愛因斯坦現在已經亡故，這個過去的事件不存在著「與現在的關聯」，所以這句必須採用過去式的形態。

c.句是「愛因斯坦對我的思考助益良多」的意思。即使已經亡故，藉由他的思想、著作仍可能繼續地對現在有貢獻。所以，b.句是不自然的結構。

那麼，我們來試試更微妙的句子。

> ❾ a. What have I done with my car keys?
> b. What did I do with my car keys?
> （我把車子的鑰匙放哪兒了）

雖然兩句的譯文都相同，但是含意上卻有極微妙的差異。a.句，如前所述是將焦點放在現在，所以它的意思是「（過去亂放鑰匙的結果）現在到哪裏去了呢？」。而 b.句又如何呢？由於採用了過去式，所以是「（一面想起過去的事件）那時候把它放到哪裡去了呢？」嗯！如果情況真的是這樣，就沒有實質上的差別了。

到這裡，現在完成式的說明告一段落。對於用法上難以區分的現在完成式與過去式，我們試著以下面的問題來練習看看吧！

練　習

現在完成式與過去式，哪一種比較適合呢？

Dave: I (1) **have bumped/bumped** into Patrick last night in a pub. I (2) **haven't recognized/didn't recognize** him at first, he (3) **has changed/changed** so much since the last time I (4) **have seen/saw** him. He (5) **has finished/finished** his degree and (6) **has started/started** working for an insurance company in London. He (7) **has taken/took** a year off from University and (8) **has travelled/travelled** all around Asia. He (9) **has had/had** a great time.

Jack: Sounds great. (10) **Have you been/Did you go** to Asia?

Dave: Yes. I (11) **have even lived/even lived** there!

Jack: Really. Where?

Dave: I (12) **have lived/lived** in Japan for 2 years.

Jack: What was it like?

Dave: Wonderful! The people were friendly and I (13) **have enjoyed/enjoyed** seeing lots of beautiful and famous sights.

Jack: What about the food?

Dave: Actually, I (14) **have liked/liked** most of it.

Jack: I (15) **have always wanted/always wanted** to travel, but up to now I (16) **have never had/never had** the chance to do so.

Dave: Well, I (17) **have begun/began** travelling when I was 30, so it's never too late! And I (18) **have had/had** so many fantastic experiences.

Jack: Yes. All the stories you (19) **have told/told** me (20) **have given/gave** me the urge to do something. Right, let's go to the travel agent's NOW!!

Dave: OK. Let's go!

怎麼樣呢？也許剛開始會不太習慣。請參看 130 頁的解答，一面對照本文的內容進行自我檢討，應該會對你語感的熟練上有所幫助。

第VII章

學習觀看看不到的語詞

（Wh-疑問句與關係詞）

終於來到最後一章了。

各位是否曾有「為什麼疑問詞與關係詞要使用同樣的單字」的疑問呢？例如：

❶ a. What does she have?
(她有什麼)
b. What is important is...
(重點是……)

在這裡，what 這個單字同時被當成 a.句「什麼」這個疑問詞與 b.句「～事」的關係詞來使用。為什麼會這樣呢？中學時代教英語的老師曾告訴我這是「偶然」，但是一個單字有兩個用法的情形，不只是 what，還有 which， where... 等。想到這裡，便覺得這絕不是碰巧一樣的。是的，它不是單純的偶然。

在本章中，我們將告訴你如何一舉理解這些單字。

首先，請試著思考下面的句子。

❷ [約翰與強生正交談著]
約翰：昨天我去了學校，遇見莎莉。真是可愛啊！
強生：那麼你們有說了什麼話吧！真令人羨慕哪！

你大概會發現這篇短文從頭到尾主詞都省略了。在我們的語言習慣中，主詞經常被省略。因此在這種情況下，我們必須適當地補上主詞來解釋句子的意思。不過，英語中極少有欠缺主詞的情況發生。

但是，即使是英語，在意義上也常會欠缺一些應該要有的要素。藉由深入理解這種**「看不見的要素」**，我們能更進一步地理解英語。

英語上這種看不見的要素經常活躍在不定詞的主詞位置。我們來看看幾個例句。（缺少要素的位置以●來表示）

❸ **I** want ● to go.
❹ **John** tried ● to go.
❺ **John** promised Mary ● to go.
❻ John persuaded **Mary** ● to go.
❼ John told **Mary** ● to go.

請試著思考上面句子中「到底是誰要 go」。❸～❺中● = 主詞，進行 go 動作的人在❸是 I，❹是 John 而❺是 John。❺的意思是「約翰答應瑪麗，他會去」，絕對不能解釋成約定的事是「瑪麗要去」，因為主詞是約翰而不是瑪麗。相反的，❻、❼的● = 瑪麗。也就是❻是「約翰說服瑪麗去」，❼是「約翰告訴瑪麗，要她去」的意思，沒有約翰要去的意思在其中。

這些差異歸根究底是伴隨著動詞的性質而來的，所以必須了解每個動詞，不過這些看不見的性質，大半都能在逐漸習慣、親近英語之間，自然地熟練。

●不代表文中的人、物，而是指「一般的（模糊籠統的人、物）」，這種情況也不少見。

❽ It is illegal ● to vote twice.
（投二次票是違法的）
❾ ● To cross the river is dangerous.
（渡過這條河是危險的）

也許到目前為止的這些句子，都沒有特別強調看不見的要素的必要。但是，如果能注意到這些要素，有個非常大的好處，那就是**能一口氣地知道關係詞與疑問詞**。

剛才曾說過，使用同一個單字作為疑問詞與關係詞並非偶然，因為德語與法語也有完全相同的情況發生。

疑問詞

⑩ a. **What** do you have?
（你有什麼呢）
b. **Was** haben Sie?
（你有什麼呢）（德）
c. **Qu'**est-ce que vous avez?
（你有什麼呢）（法）

關係詞

⑪ a. **What** is new is not always good.
（新的東西並非總是好的）
b. **Was** neu ist, ist nicht immer gut.
（新的東西並非總是好的）
c. **Ce qui** est nouveau n'est pas toujours bon.
（新的東西並非總是好的）

這些的類似並非偶然。**疑問詞與關係詞，正因為它們的功能相同，所以使用同一個單字**。那麼從現在開始，我們就總稱它們為 wh- 語吧！

那麼，這樣的 wh- 語到底有什麼樣的特徵呢？

> ⑩ What do you have?
> （你有什麼呢）

這是一個非常基本的句子，相信大家都能不假思索地譯出它的意思。但是你可曾想過為什麼能這樣翻譯嗎？如果你稍微深入地思考，大概就能逐漸了解「啊！原來如此，如果將它與關係詞作完全相同的考慮就可以了」吧！

⑩ 的句子用什麼樣的順序來解釋呢？讓我們用慢動作來看看吧！

> ⑪ What do you have?

①首先，請注意 “have” 這個動詞。 have 這個動詞是如何使用的動詞呢？由於 have 是「持有～」的意思，所以你大概能察覺 have 之後似乎少了一個對應的名詞。也就是這句應變成：

②What do you have ●?

所以 wh- 語的 what 代替表示這一個看不見的要素。由這點我們了解到「說話者是在詢問 have 的受詞」，因此，

③我們知道他正在詢問著「你持有什麼東西？」

這個例子是疑問詞，那麼讓我們來看看關係詞的例子吧！

> ⑫ What he has does not mean anything at all to me.
> （他所擁有的東西對我而言並沒有什麼意義）

請尋找看不見的要素所在的位置。是的， have 是「持有～」的意思，因此我們知道句子應改成：

⑬ What he has ● does not mean anything at all to me.

可以理解出 what 是作為 have 的受詞，代表「他所持有的東西」。或許你會覺得厭煩，不過我們還是再看一個例子：

⑭ What the majority of people choose to do is not always the right thing to do.
（大多數的人選擇去做的事並非總是對的）

為什麼會這麼解釋呢？我想你已經了然於胸了，是不是？因為：

⑮ What the majority of people choose to do ● is not always the right thing to do.

如果這樣思考，你大概能夠了解「 what 當疑問詞也好，當關係詞也好，它的功能都沒有改變」吧！也就是**wh- 語是代替著後續句子的看不見的要素**。所以疑問詞與關係詞的差異並不在於 wh- 語上，而是取決於整個句子是疑問句還是普通的句子（直述句）。我們來作個歸納整理吧！

——解釋 wh- 語的原理——
以後續句子的看不見要素的位置來解釋 wh- 語……●……

what 以外的 wh- 語也是同樣的道理。我們試著來思考 who 看看。

⑯ Who do you think speaks English most fluently?
（你認為誰的英語講得最流利）

那麼，●應該放在哪裡呢？是的，動詞的 speak 應該要有主詞，卻沒有看到。所以是：

⓱ Who do you think ● speaks English most fluently?

如果以 speak 的主詞位置來解釋，就變成「誰的英語說得最流利，你知道嗎？」同樣地，下面的⓲可以變成⓳，將句子作為 loved 的主詞來解釋，就比較容易了解了。

⓲ I found out that the boy who I thought loved me was two-timing me.
（我發現我以為愛我的那個男孩，其實是腳踏二條船）
⓳ I found out that the boy who I thought ● loved me was two-timing me.

疑問詞及關係詞，各自都還有很多必須學習的內容，不過，在這裡所敘述的是它們用法上最基本的共通點。讓我們將這點存入腦中的記憶，然後開始磨練語感吧！

練　習

請試著思考●在哪裡？

1.The students who study grammar with this book will become really good at English!

2.The team that I thought would win the J-League came last!

3.Who do you think is the most handsome movie-star in the world?

（答案在 133 頁）

練習解答

第II章　學習事物的表現法（名詞）

§1 the　a

[譯文]

珍就跟她的大學中大部份的學生一樣，有個兼差的工作。她在一家離家不太遠的家庭式餐廳中打工。雖然她喜歡這個工作，然而有時她覺得很疲倦，有時老闆也會對她不太滿意。

上個星期的某個傍晚，有位男性顧客對她很沒禮貌，他批評她的外表。珍雖然非常生氣，但她什麼都沒說，只是儘快地侍候這個男人用完餐。

珍想要忘記這件事，但是就在她打算回家時，老闆叫住她而且很大聲地罵她。他說有一位客人向他抱怨，因此她必須學習對客人更有禮貌。她試著解釋，但是她的老闆不願意聽。

這個晚上，珍決定辭去她的工作，並設法找到一個更好、在那裡她能受到較公平對待的工作。

[解答、解說]

(1)the

當然， students 是複數，所以不能使用 a。不過，是不是也有很多人選擇打×呢？ most of 的用法似乎使很多人感到迷惑。所以有很多類似 most of Chinese 這樣的誤用出現。 most Chinese, most of the Chinese 才是正確的用法， most of Chinese 是指所謂的「中國人」這一個特定群體內的大部份人。

(2)a

在這一階段當然無法取決於 1。

(3)a

a 是最適合的答案。但是，如果假設在她家附近只有一家家庭式餐廳，那麼也可以用 the。即使只有 1 家，一般也都用 a。因為沒有必要特別強調「只有這麼 1 家」。

(4)the

從上下文來看，是取決於「在家庭式餐廳的工作」這一個單一集團的緣故。

(5)the

前面已經出現了家庭式餐廳的單字。所以如果說到這家餐廳的老闆，便是取決於 1 人了。

(6)a

只說「男性顧客」，無法只取決於 1 個特定的人。

(7)a

是怎樣的評論呢？我們無法從這裡特定出內容的緣故。

(8)the

因為已經可以從上下文中，特定出是哪個 man 了。

(9)the

因為我們已經知道它是針對怎樣的 incident 所作的敘述。

(10)the

因為 boss 已經是特定了。

(11)a

原因同(7)。

(12)the

請參照(1)。

(13)a

因為在這一時點上，珍要從事怎樣的工作還無法特定的緣故。

§2 可數名詞與不可數名詞

[解答、解說]

(1)a chocolate cake

它是針對 Kathy 烘烤的 1 個具體的蛋糕所說的話。

⑵chocolate cake

在這裡，Ann 不是針對 Kathy 所烘烤的那個特定的蛋糕，而是談到她喜歡吃蛋糕（一般的、籠統的定義上的蛋糕）

⑶tea

並沒有考慮到特定而具體的 tea，只是籠統地詢問是要紅茶呢？還是咖啡呢？所以答案為 tea。當然，如本文中的 wine 般，在敘述種類（Darjeeling 及 Earl Grey 等）時，使用可數。

There are many different teas in the world.

（世界上有很多不同種類的紅茶）

⑷coffee

與⑶同。

⑸兩者都正確

coffee：沒有想起具體的事物，只是籠統地談到這項事物，是最普遍的答案。

a coffee：這也是一種自然的回答。當然，是意味著具體的統一事物——a cup of coffee。不過很奇妙的是，講到 tea 時，似乎沒有人使用 a tea 的說法。也許你很難釋懷，不過這大概是因為傳統上 tea 不是用 cup 而是用 pot 端出來的緣故。

⑹help

help 是壓倒性地以不可數的形態來使用的單字。單只是籠統地敘述著「幫助」這個動作。

⑺a (great) help

然而，有時也可當成可數名詞來使用。當然，因為是可數的，所以是在令人有具體而統一的感覺時使用。在描述「成為某種幫助的人、物」時，help 變成有具體感的可數名詞。例如，假設朋友借了書給你：

Thanks. That was a great help. [= The dictionary helped you.]

Thanks. You were a great help. [= He/She helped you.]

這樣，便能以可數的形式來使用。

(8)sport

如果沒有將某個具體的運動種類置於腦海中，即算是不可數名詞。

(9)time

籠統地敘述「時、時間」時當然是不可數的。但是，描述次數 (three times, four times)，或作為某活動進行的時間而出現統一的形態時，可以視為可數 (have a good time)。

(10)兩者都正確

study 僅指「用功、研究」；相反的，如果選 studies 則是意識著每個正在學習的內容。

§ 3 any 的意義

[解說]

1.由於是「正在跟某人說話」，所以不是任何一個人都可以。
2.要借「任何一本」書都可以。
3.要看什麼電影都可以。
4.要給他禮物，所以這個禮物是具體而確定的，並非任何禮物都可以。
5.不管到哪個地方（任何地方），都不知道路。

第Ⅴ章　學習時間的表示方式（時態）

§ 2 表現未來的方式

[解答、解說]

1.b

黑雲正籠罩著。由於「現在」已出現了原因，當然必須選 be going to。

2.b

約翰在父母親面前，訴說著要考進一流企業的強烈決心。表現這樣強烈意志的情況，應使用 will。

3.b

由於現在早已經決定了蜜月旅行要去大溪地一事，所以 be going to 較為適當。

4.a

生日為下星期的星期天，這是確實的事，所以用現在式來表現像這樣的確實未來。

5.a

由於是訂婚宴會，結婚的日期現在大概已經有所決定了吧！

§ 4 假設法

[解答]

任何情形都是使用逆向變換 (backs hift) 即可。

a. If she had caught the 10 o'clock train, she'd arrive on time.
（如果她趕上 10 點的火車，她就會準時到達了）

b. If I found a job quickly, I'd be delighted.
（如果我很快地找到工作，我會很高興的）

c. If you kissed me, I'd scream.
（如果你吻我，我會大叫）

§ 5 時態的一致

[譯文]

1.看過葛拉芙打球後，他們公認她是這個國家中網球打得最好的人。

2.你怎麼能說那個嬰兒醜，而且是當著他父母面前？你難道不知道他是他們的小孩嗎？

3.我真是笨啊！我明知道地球比月球大，但是在考試時我竟然答它比較小。

[解答、解說]

1.is

當然如果使句子前後的時態一致，用 was 也可以。但是使用 is 有更加強調葛拉芙的排名的功能。

2.was

當然，現在仍然是 it is their baby，不過說話者對於「現在仍然如此」這件事並不感興趣。在此，他所強調的是，在嬰兒父母親面前批評嬰兒的長相這件過去的事件，以及在這個過去的時點上的知識。由於並沒有考慮到現在，所以應該採用時態的一致。

3.was, was

這個例子也是說話者只關注過去的失敗，並沒有特別表示「現在，地球還是比月球大」的含意。因此，採用時態的一致較為合適。

第Ⅵ章　學習進行式與完成式

§2 完成式

[譯文]

達夫：我昨晚在酒吧突然碰到帕特立克。剛開始我並不知道是他，從上次我看到他之後他變了好多。他已經畢業了，開始在倫敦的一家保險公司上班。他在大學時休學了一年，而且旅行走遍了整個亞洲。他好像度過了一段很棒的時光哪。

傑克：聽起來很不錯。你曾去過亞洲嗎？

達夫：去過啊！我曾經住過那裡呢！

傑克：真的，哪裡？

達夫：我在日本住過二年。

傑克：怎麼樣啊？

達夫：很棒啊！他們的人民很友善，我曾到過很多美麗的風景名勝去觀光。

傑克：吃的方面怎麼樣？

達夫：實際上，我大都喜歡。

傑克：我一直都想去旅行，但是到現在為止我都還沒有這樣的機會。

達夫: 呃，我也是 30 歲過後才開始旅行的，所以現在開始絕不會太晚！你看，我因此擁有了很多美妙的經驗哪！

傑克: 是啊！所有你告訴我的那些故事都在慫恿我要去做呢！好！我們現在就去旅行社吧！

達夫: 好啊！我們走。

[解說]

(1)bumped into

只是談起昨晚發生的事情，並沒將焦點放在現在。

(2)didn't recognize

與(1)同。

(3)has changed

他是將焦點放在現在。也請注意 since 這個單字。

(4)saw

針對 the last time 作敘述，為發生於過去的特定事件。

(5)has finished

這句有點難，但是如果考慮到焦點是放在「現在的他」上，使用現在完成式最為適當。

(6)has started

與(5)同。

(7)took

在這裡只是單純的回歸過去。為什麼呢？因為帕特立克已經畢業這件事從上下文中我們就清楚地知道了，所以這是已成為過去的一個事件。如果選擇 has taken，就意味著到現在仍然還沒有畢業。

(8)travelled

與(7)同，因為他的旅行是過去的事件，與現在一點關聯都沒有。

(9)had

與(7)、(8)同。

(10)have you been

這是個很典型的例子，在這裏並不是某個特定的事件，而是詢問他的經驗，所以選擇完成式。

⑾have even lived

與⑽同。

⑿lived

請與⑾作個比較。在這裡達夫是針對二年 —— 這個期間中發生的事件作敘述，這個事件與現在並沒有關聯。

⒀enjoyed

與⑿同。

⒁liked

與⑿同。

⒂have always wanted

因為傑克到目前為止（包括現在）一直都想去旅行。

⒃have never had

與⒂同。

⒄began

我們知道在 when 以後，是表示思考著過去特定的時點。在這樣的情況中，與現在沒有什麼關聯，所以經常必須使用過去式。

⒅have had

如果是想起過去的事件，感嘆著「那時的經驗真是美好啊」，就使用過去式。但是，從上下文中看來，它含有「到現在」的意思，所以我認為應使用完成式。

⒆have told

達夫的話並非終止於過去，他現在仍站在這裡說著話，因此必須選現在完成式。

⒇have given

因為達夫的談話並不是在過去，而是在現在燃起傑克要去做的意念。

第VII章　學習觀看看不到的語詞
（Wh-疑問句與關係詞）

[解說、解答]

請注意動詞。我們可以看出 1～3，各在 study, would win 和 is 之前欠缺了當然要有的主詞。因此，應在這些位置上加入●。

1. The students who ● study grammar with this book will become really good at English!
   （用這本書學習文法的學生，英文將變得很好）
2. The team that I thought ● would win the J-League came last!
   （我覺得會得到 J-League 優勝的那一隊，結果竟然是最後一名）
3. Who do you think ● is the most handsome movie-star in the world?
   （你覺得誰是世界上最英俊的電影明星呢）

後　記

終於結束了。真感謝各位能閱讀到這裡。在閱讀本書的數天或數小時間裡，你是否逐漸地改變了對英語的看法呢？與我們的語言完全相同的是，英語也不應該被規則限制得死死的。因為世界上並不會有單只死背規則就能精通熟練，這麼容易的事存在的。與我們的語言一樣，英語中也是因著微妙的語感，才顯得活潑生動。

文法的基礎到這裡已經說明完了。之後，請各位都能投入「活的」英語中，因為這裡才埋藏了英語的真正「感覺」。我現在正專心編寫本書的續編《英文自然學習法Ⅱ》。此書對我們特別感到棘手的「介系詞」，提供了以「感覺」而非照本宣科地死記的學習方法。那麼，下一本書再見了！

最後，對在我執筆本書之際，曾惠賜許多寶貴意見的筑波大學中右實先生、東洋女子短期大學柴鐵也先生、阿部潤先生、帝京技術科學大學赤間世紀先生、新倉令子老師、土屋明子老師等人，還有從企劃階段到最後都一直支持著我的研究社出版公司的杉本義則先生，謹致上最深的謝意。

大西泰斗
Paul C. McVay

參考文獻

作者在執筆本書之際，曾參考了以下所列的書、論文等資料。

Bach, E. (1977): Review Article: on raising by Paul M. Postal, *Language 53:* 621–53.

Carlson, G. N. (1979): Comments on infinitives, in *Papers Presented to Emmon Bach,* E. Engdahl and M. Stein (eds.) Amherst: G.L.S.A.

Clark, H. H. and Marshall, C. R. (1981): Definite reference and mutual knowledge, in Joshi, Webber and Sag (eds.), *Elements of Discourse Understanding,* Cambridge University Press.

Comrie, B. (1985): *Tense,* Cambridge University Press.

Francis, J. (1986): *Semantics of the English Subjunctive,* University of British Columbia Press: Vancouver.

Huddlestone, R. (1984): *Introduction to the Grammar of English,* Cambridge University Press.

Huntley, M. (1984): Imperatives and Infinitival Embedded Questions, in *Papers from the Parasession on Nondeclaratives,* Chicago Linguistic Society.

Kroch, A. S. (1974): *The Semantics of Scope in English,* Ph.D. thesis, MIT.

Langacker, R. W. (1987): Nouns and Verbs, *Language 63.*

Leech, G. N. (1987): *Meaning and the English Verb,* Longman.

Okuyama, M. (1992): Make-causatives and Have-causatives in *English, Tsukuba English Studies 11.*

Riddle, E. (1978): *Sequence of Tenses in English,* Ph.D. thesis, University of Illinois.

Swan, M. (1980): *Practical English Usage,* Oxford University Press.

Tanaka, K. (1988): *Sequence of Tenses in English, Tsukuba English Studies 7.*

江川泰一郎 (1986):《英文文法解說》, 金子書房出版。
小泉賢吉郎 (1989):《英語中的複數與冠詞》, Japan Times 社出版。
中右實 (1994):《認知意義論的原理》, 大修館書店出版。

英語會話 I ~VI — 黃正興編著

英文不難(一)(二) — 齊玉編著

看笑話學英文 — 任永溫譯

英文諺語格言100句 — 毛齊武編著

簡明初級英文法(上)(下) — 謝國平編著

簡明現代英文法(上)(下) — 謝國平編著

簡明現代英文法練習(上)(下) — 謝國平編著

漂漂亮亮說英語
通行四海樂逍遙

商用英文 — 張錦源著

商用英文 — 程振粵著

商用英文 — 黃正興著

實用商業美語 Ⅰ Ⅱ Ⅲ
— 實況模擬 — 杉田敏著
張錦源校譯

工業英文 — 許廷珪 著

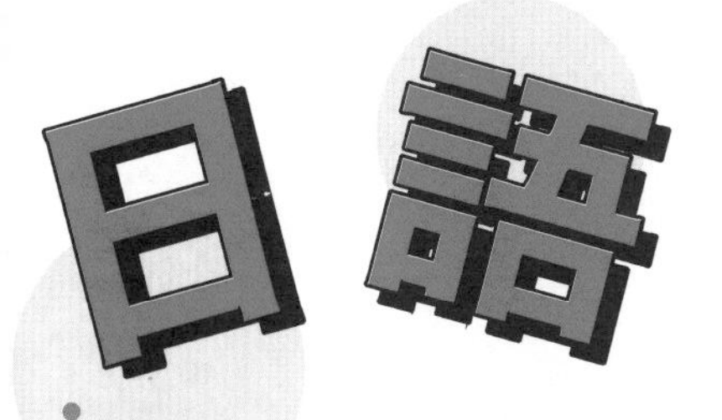

無師自通

工業日文 — 許廷珪著

現代日文法 — 卜鍾元著

現代日本口語文法 — 丁顏梅著

簡明日本文法 — 王世雄著

日本語法精解(精)(平) — 洪炎秋著

日本語文解說
——常用字句語彙範列 — 章 陸編著

中日英語慣用語句
——日常會話實用手冊 — 章 陸編著

三民辭書系列

突破語言障礙，學習英文的救星

皇冠英漢辭典

詳列字彙的基本意義及各種用法，針對中學生及初學者而設計。

簡明英漢辭典

口袋型57,000字，輕巧豐富，是學生、社會人士及出國旅遊者的良伴。

精解英漢辭典

雙色印刷加漫畫式插圖，是便利有趣的學習良伴，國中生、高中生適用。

新知英漢辭典

收錄高中、大專所需字彙43,000字，強化「字彙要義欄」，增列「同義字圖表」，是高中生與大專生的最佳工具書。

新英漢辭典

簡單易懂的重點整理，加強片語並附例句說明用法，是在學、進修的最佳良伴。

廣解英漢辭典

收錄字彙多達10萬，詳列字源，對易錯文法、語法做解釋，適合大專生和深造者。